出家及其弟子

出家とその弟子

倉田百三 著
毛丹青 譯

譯序
哀傷的青春史詩

《出家及其弟子》是影響日本，乃至世界文壇的著名劇作，最初刊載於一九一七年創刊的《生命之河》雜誌。這是作者倉田百三於二十六歲寫成的一部劇本，當時他是一個重病纏身，臥床不起的病人。他在二十二歲感染了結核病，被迫輟學，一直到了四十歲仍然無法擺脫病榻的生活，讓倉田的文學作品幾乎都是他與疾病苦戰中的作品。對一個時時刻刻都受到死亡威脅的人來說，對生命的理解是極深刻的。他在病床上所經歷的不僅僅是肉體的煎熬，更殘酷的是精神上的重壓，那種對靈魂鞭撻的痛苦使倉田進入了宗教性的體驗，同時他自身天才般的藝術感受又令他近乎於窒息，他吶喊：命運蹂躪著希望；他自我安慰：祈願呼喚著命運。

《出家及其弟子》是一部哀傷的青春史詩，從這部書由岩波書店於一九一八年發行單行本以後，在日本社會引起了熱烈的迴響，一版再版，直到如今，岩波書店已經再刷了八十六次以上。其他出版社如新潮社，講談社等多家大型出版社也紛紛發行單行本，而且累積再刷多達百次以上。一部劇作橫跨整個二十世紀能夠擁有如此眾多的讀者，在日本的文學界，尤其是明治維新以後，實屬罕見。法國文豪羅曼·羅蘭讀過該劇的英文譯本後，深受感動，曾寄信給倉田百三，德國哲學家海德格也對該劇大為讚賞，更有日本作家三島由紀夫為之傾倒，據說在他本人切腹自殺前不久，還在重讀這部青春的史詩。

倉田百三是一個充滿了憂傷的青年，同時他又是一個熱血沸騰，直視青春的人，無奈的是病魔纏擾了他年輕的生命，有時令他黯然神傷，有時令他壯志淩雲。對於成長在大正年代的倉田來說，關於文學、宗教、共產主義與資產階級，以及戀愛、性欲、人性與道德等等問題都處於一個模糊不清的階段，他清醒過、困惑過、希望過，也失望過，所有這一切在《出家及其弟子》中都作了淋漓盡致的表達，沒有任何掩飾，更沒有矯情，以火熱的激情寫出這樣的語句：

「年輕時，除了用年輕的心用力地活，別無他途！青年啊，揮灑你的青春迎向命運吧！因為，沒有放膽揮灑青春的人，是無法擁有餘韻深遠的晚年的！」

倉田用自己的作品驗證了這句話，因為他所有的作品都沒有他的處女作成熟，而他的晚年正像劇本裡衰老的親鸞一樣，孤寂茫然。從這方面來說，他的文學生命並不長，但僅這一本《出家及其弟子》就足以成為傳世之作。

《出家及其弟子》寫的是發生在日本佛教淨土真宗裡一個僧侶與藝妓的故事，而倉田本人並非是一個佛教徒，他的另一部作品《青春氣息的痕跡》證實了他對基督教的接受，所以，就某種意義上說，倉田是用基督教的思想情感，描寫出他筆下的佛教大師親鸞。親鸞是日本鎌倉時代的僧人，他厭惡貴族化的佛教，把教義推廣於民間，創立淨土宗中的淨土真宗教派，認為佛，並不是高高在上的，而是人人皆可成佛的平民宗教，淨土真宗極力強調信仰的作用，不拘泥任何形式，乃至准許僧侶娶妻食肉，貼近世俗生活。親鸞僧人的語錄《嘆異抄》（唯圓房著，筆者譯）則是另一部影響日本社會的名著。

《出家及其弟子》也可視為倉田百三的寄情之作，也許只有倉田本人在病痛的折磨中才能感悟戀情的純潔和信仰的崇高。倉田有他的悲情和不安，他把宗教與情愛的衝突赤裸裸地暴露出來，不迴避內心深刻的矛盾，而這一點正是倉田劇作的藝術特徵。日本文評家龜山勝一郎對此解釋道：「藝術與宗教是一組敵對的關係，猶如聖母瑪麗亞和維納斯永遠不會和解一樣。」

《出家及其弟子》是日本明治維新後最傑出的宗教文學，倉田百三不僅刻劃了僧人親鸞，而且還為近代的日本社會展現了一個充滿矛盾的現實：純潔的念佛之心與肉欲的誘惑，信仰與懷疑，善與惡，生與死，罪與罰等等這些相互矛盾的情感衝突都集中到了這部劇作之中，尤其是這部劇的最後一幕，善鸞拒不接受信佛的勸導，更是一個混沌而矛盾重重的象徵。

從倉田百三的病榻生涯來看，這部劇作不僅表達了日本人特有的感傷，更重要的是，他把自身的垂死體驗以及由之襲來的巨大痛苦再現為了一部青春的史詩。

一個二十六歲的日本青年為世界貢獻了一部奇書，這也是日本文學界的奇蹟。

毛丹青

目次

譯序　哀傷的青春史詩　002
序　曲　終歸一死的人　007
第一幕　從地獄逃生的道路　019
第二幕　世上沒有不造罪的戀愛　069
第三幕　靈魂的深處滿是孤獨　107
第四幕　愛能夠溫暖那顆荒廢的心　151
第五幕　戀變成罪　195
第六幕　最遠的，也是最內在的和平！　233

序曲　終歸一死的人

某一天的幻覺

人　（持續在地上走著）我出生了。我沐浴著陽光，呼吸著大地的空氣，我活著，我真的活著！你看，那彎弓般的蒼天，色彩多美。你看這一片黑土，我光著腳使勁地踩它，茂盛而繁密的草木，飛禽走獸。女人們多麼欣喜，孩子們又多麼討人喜歡，啊！我要活著，要活著！（稍息）到了今天，我懂得了各種各樣的悲苦。可是，越悲越教你喜歡這個人世間。啊！多麼不可思議的世界。我對你著迷。這個值得熱愛的人世間呀，我想在煩惱的叢林裡玩耍，想活著，上千年上萬年。永遠，永遠活著。

蒙面人　（出場）你是誰？

人　我是人。

蒙面人　我看你是要死的人。

人　我活著。我就知道我活著。

蒙面人　你唬弄我？

人　我爸死了。我爸的爸爸也死了。哦，我喜歡的那些鄰居也死了。但是，我不會死。

蒙面人　你太淺薄了。

人　（躊躇片刻）我怕。要是我死了……啊！你看穿了我的心。我真的想過我會死。我的祖先都是有智慧的長老，他們早就說過人終歸一死，誰也免不了。

蒙面人　這是真的。人和禽獸魚貝，草木森林一樣，都是要死的。

人　你是誰？口出危言的你是？

蒙面人　我專服侍不死之人，我是他們的忠臣。你不知道我？

人　好像聽說過……不，我不知道。

蒙面人　你好像老叫我。老叫我，真煩人。

人　那麼你是？我很膽小，真的。你能摘下面具讓我看看你的臉嗎？

蒙面人　終歸一死。對要死的人，臉沒有什麼好看的。

人　這是為什麼？

蒙面人　因為見了終歸一死的人，我會害臊，我就得死。

人　我聽你話裡的語氣好像輕蔑、鄙視要死的人。

蒙面人　因為要死的人有罪，沒有罪的人永遠活著，要死的人就是有罪的人。

人　就是說，世上的人都是罪人？

蒙面人　全是惡人。罪的代價就是死。（消失）

人　說這個話的一定是他。沒錯。這到底是幻覺，還是真實？起先我覺得這是幻覺，可漸漸地，又發覺不對了。你看，那可怕的破壞力太明顯了，就像是真實的，他究竟是什麼？我要弄明白他的真面目。只要一弄明白，也就不怕了。弄明白那如水似火的可怕面孔，然後用他的法則驅使他轉動碾粉場上的車，叫他起爐灶。我想知道他的法則，還他本來面目，要不然，我的日子老被他嚇著。我開始明白了這一點，可這恰恰又是我的不幸，同時也是我智慧的成長。啊！可怕的他！

蒙面人　（出場）你又叫我了？

人　我想看你的臉。

蒙面人　不行。

人　無論怎樣，我都要看你的臉。

蒙面人　這種欲望就你一個人有。你的眼睛裡有不乾淨的東西。

人　哪怕你朝我射箭，我也要睜眼看你的臉。

蒙面人　你真可憐！

人　（伸手要摘其面具）

蒙面人　你的手非闖禍不可！（遠處傳來雷聲）

人　（跪下）

（幻影列隊一排出場）

人　這只不過就是一排鳥獸之類爬行的動物。大雕威鎮鴿子，狼嚇死羊，蛇制伏青蛙。但是，在牠們的前頭，穿盔甲、背弓箭，騎著馬的好像是人。

蒙面人　他率領著全隊。

人　那是征服者。

蒙面人　是啊。這是可憐人中最可憐的人。

人　啊，他加快了步伐，全隊出擊了。（兇暴的音樂響起）像暴風雨。他這麼快要去哪兒？

蒙面人　朝向滅亡。向著根本不知道我的地方。

人　哦。

（幻影列隊而過，像暴風雨般的音樂漸緩而平穩。音調如夢恬靜。新的幻影出現）

蒙面人　你看。

人　多麼年輕的男女。男人寬闊的雙臂抱著女人，女人把臉埋在男人的胸膛裡。黑髮在似玉般的肩上顫抖。他們陶醉在甜蜜的歡樂之中。

蒙面人　且慢，你仔細看。

人　（仔細看）啊，真的，女人在哭。男人放開了她，他在嘆氣。一副憂愁傷感的面容。

蒙面人　他們剛剛知道幸福毀壞了。

人　他們不是在叫你嗎？

蒙面人　他們發覺我在這兒了。可他們避諱叫我，自己騙自己。

人　男人又要抱女人了，可女人這回推開了他。她詛咒那個男人。男人一把抓住了她，硬往山崖上拉。啊……危險……！（大叫）啊！

蒙面人　這是他們故意裝著看不見我的下場。

人　我服你了。我真心看你，目不轉睛。我要弄明白你的真面目。

蒙面人　你只不過是有點兒小猴子的知識，雖然在周圍打轉，但你的知識進不到事物的本質。

人　我服了你的力量，你那種破壞的力量。你為什麼要破壞、要摧毀眼前的事呢？

蒙面人　這完全是為了鍾錬那些摧毀不了的東西。

人　　我要找的就是這種摧毀不了的東西。我認識了你，我要在你那兒找到它。
蒙面人　你找到了嗎？
人　　沒有。這些毀不了的、真實的東西都被你毀了。征服的欲望、友情、戀愛和學問，什麼都叫你毀了。
蒙面人　該毀的都要毀，這就是我該做的。（稍候片刻）
人　　我找到了好像是真實的東西。這次，沒什麼危險了。
蒙面人　它是什麼？
人　　孩子。哪怕我衰老了、死了，我的孩子會靠新生的力量活著。我的欲望已經灌入孩子的靈魂。
蒙面人　你還是糊塗啊。
人　　哦？
蒙面人　你的孩子死了。
人　　什麼？（臉鐵青）哪有這回事？
蒙面人　沒來得及報喪。

人　今早還來信說他很好，正拼命地學習。

蒙面人　剛過中午，他就死了。

人　撒謊！

蒙面人　（沉默）

人　（一個勁兒地看對方）啊……你的態度裡透著真實的味道。（絕望地）完了！

蒙面人　再見。

人　（發慌）你等一等。小孩有病，他瞞著人？他不想讓爸爸擔這份心。

蒙面人　他是班上最活潑的。

人　他和誰決死一戰了？為了打倒野蠻的欺負人的人，因為他重名譽。

蒙面人　不對。

人　那是為什麼？

蒙面人　他從煙囪上掉下去了。

人　（沉默如失神般）

蒙面人　兩分鐘前，他還在陽光明媚的草地上和朋友開玩笑呢。這時，一個朋友忽然起了個念頭，問誰能爬上這煙囪給大家看。你的孩子也拿不定主意，他就想做個怪樣讓大家笑一笑。於是，他樂呵呵地說：「我上！」他開始往上爬。夥伴們誇他手腳靈活。可是，煙囪頂上立腳板的釘子居然是鏽的。

人　啊？

蒙面人　人家說，那天下午來打掃煙囪的流浪漢是幸運的人。

人　（呻吟的樣子）藝術，真的東西是藝術。我要用我的淚水稀釋顏料，然後用壞不了的真東西塗進我的畫布裡。

蒙面人　既然你已經到了這一步，我就不說什麼真的、假的東西了。不過，你別忘了你的病。

人　不，我一刻也沒忘。你剝奪了我的健康是我不幸的開始，也是我認識你的開端。那以後的我是多麼苦啊！

蒙面人　你的體溫再高二度，你就得扔掉畫畫的刷子。

人　啊？

蒙面人　你覺得這是不可能發生的事吧？可是你不是每天都在發燒嗎？

人　我祈禱。真的東西就是祈禱。哪怕我在床上不能移動，我也能閉著眼祈禱。

蒙面人　如果有一件突如其來的事破壞了你大腦的協調性，給你一個打擊，那你就會用現在祈禱的口吻胡言亂語，甚至會夢囈。也許，你還把現在擺好的兩手亂攪得不成樣子給大家看，就像動物園裡的猴子。

人　（呻吟的樣子）不可能。

蒙面人　太有可能了。你看你們的夥伴多麼起勁地相互殘殺，這樣的白癡也不知道有多少人。

人　你太殘酷了。

蒙面人　就跟你差不多。

（無數的野獸、飛鳥大聲鳴叫）

人　（發抖）這聲音？

蒙面人　這是你殺的生物，牠們的詛咒。

人　（抱頭）

蒙面人　姦淫把你生到這個世上。你卻在愛的名義下藏身。

人　請不要細數我的罪過。

蒙面人　因為你的罪孽是無窮盡的。

人　我生下來不吃就活不了，不姦淫就不能生育。

蒙面人　這是人終歸一死的本分。

人　（向對方訴說的樣子）請你可憐一下人的痛苦吧。

蒙面人　同情不是我的任務。

人　為什麼？啊，為什麼？

蒙面人　因為刑罰。（大地發出六種震動）

人　（倒在地上）

蒙面人　（消失）

孩子們　（出現在天邊，放聲高歌）

把恩惠賜與所有的生命吧！把幸福帶給活著的苦人吧！

人

（站起來，仰望天空）多麼遙遠的天色。無盡的思慕誘惑著我，好像有一種要被吸引上去的甜蜜感覺。我覺得這世界無限美好，對一切不再懷疑。我好像被不知名的力量架空了，輕飄飄的，但是這恩惠似乎又確立了我的存在。我接受了它，就好像接受祝福一般。走！（向前邁出二三步）向著那天空一直走，直到我的靈魂昇華。

第一幕　從地獄逃生的道路

人物：日野左衛門　四十歲
阿兼（其妻子）　三十六歲
松若（其兒子。出家後，起名唯圓）　十一歲
親鸞　六十一歲
慈圓（其弟子）　六十歲
良寬（其弟子）　二十七歲

第一場

日野左衛門家

火爐放在屋內的中央，周圍是坐墊。房樑上掛著長矛，牆上掛著鐵管槍、斗笠和蓑衣。舞臺靠右有一扇門。門外的小廣場連接著一條通道。窪地積雪深深。

阿兼　（在爐邊縫衣裳）好不容易才縫到這兒，再有個四五天就能縫完了。再不快縫，眼看著就要新年了。松若明年十二歲，快點長大吧，我真想把他拽大了。（稍息）可最近的左衛門吊兒郎當，他怎麼了？越來越不像話。在家鄉的時候，他根本不是這個樣子，真教人擔心。（窗外風雪刮過）今天他發著大火到吉助家去了，別惹麻煩就好。（站起來，開窗看天）啊，真冷！（發抖）雪還在下。（關好窗，走到爐旁，捅了一下火。手搭在爐的圍欄上）松若今天真晚。天這麼冷，早點兒回來該多好啊。（環視四周）天黑了。（站起來從櫃子裡拿出一盞燈籠，點上火放下，照亮佛壇。合掌拜佛）

松若　（出場。臉色很差。穿著肥大的和服開門），媽，我回來了。（把包袱和練習本隨手一扔）啊啊，真冷、真冷啊。（嘴往雙手裡哈熱氣）

阿兼　回來了。很冷吧，快進屋。今天回來得真晚。

松若　（走到爐旁）老師家請客吃飯，把大家都叫去了，所以晚了。

阿兼　是嗎。這可是好事，你對人家要講禮貌啊。

松若　是啊。我的謄寫得的是「松」。

阿兼　啊，真棒。讓我看看練習本，上次你寫的還得的是「竹」。（從松若手裡拿來練習本，翻開看）真是的，越來越有出息了，進步很多呀。字再細心點兒寫就更好了，這都是你認真練出來的結果。（用手摸松若的頭）

松若　吉助家的吉也拿的是「梅」。

阿兼　這孩子淘氣偷懶，不用功。（片刻）啊，你站起來一下。（松若站起，阿兼用尺子給他量身材）三寸五分，得收短點兒。這可是你的和服，多合身呀。新年你就穿這個到老師那兒拜年去。

松若　新年什麼時候到？

阿兼　你再睡個十二天，新年就來了。

松若　我爸呢？

阿兼　你爸去吉助家了，這就回來。

松若　吉助家的吉也欺負我。今天練習課回來的時候，他們一夥兒人都說我的壞話。

阿兼　什麼？說你的壞話，他們還欺負你？真的？

松若　他們說我爸是闖江湖的，是欺詐百姓、殺生的惡棍。

阿兼　啊！？（臉灰暗著）居然這麼說？

松若　哦。他們找碴兒，說什麼我爸被欺負了，我得欺負你。

阿兼　這世道可真有專幹壞事的人。沒事兒，我去跟老師說。

松若　你別。我跟老師說過一次，可是回家的路上反倒被欺負得更慘。（可憐的樣子）他們把我推進田裡去。

阿兼　啊？他們竟敢幹出這麼過分的事？你別擔心，我馬上給你處理好這件事。

松若　（從碗櫥裡拿出一個盤子，放上乾柿子拿著）嘿。我要吃這個。這是媽秋天一直晾乾的柿子。

（松若吃柿子，環顧四周，走到佛壇前站住不動，不可思議地看著佛像。然後坐下，雙手試著合掌拜佛。過一會兒，在佛壇前的小桌上找書，拿出一本畫冊，在爐邊好奇地翻著）

阿兼　（上場。用圍裙擦手）好吃吧。（片刻）你看什麼呢？

松若　哦。好吃。（熱心地看著畫冊）

阿兼　趁這時候，我再多縫幾針吧。（爐邊縫和服，手中細心地動著針線。兩人沉默一時）

松若　媽。這是什麼畫？

阿兼　（停住針）讓我看看。這個，這個是叫釋迦的大佛去世時的畫。（繼續縫衣）

松若　是嗎？這麼多穿著袈裟的和尚在他的身邊哭啊。

阿兼　大家全是他的弟子。這都是因為這位了不起的師父去世了。

松若　哦，這兒有猴子、蛇，還有鴿子。牠們都哭了。這是為什麼？

阿兼　釋迦是慈悲心很深的人，他也愛護動物。愛護自己的人死了，動物們也哭了。

松若　哦。（思考）

左衛門　（上場。身著獵裝。肩扛獵槍，腰間掛著兩三隻野鳥）我回來了。這天氣真他媽的冷。

阿兼　你回來了。我們都等著呢。冷吧？外頭還下雪嗎？（迎至大門）

左衛門　好大的雪，把這邊的路全堵了。（撣掉身上的雪）

松若　爸回來了。（行鞠躬禮）

左衛門　哦。（摸了摸松若的頭）今天對你老師也是這麼規矩吧？

松若　是的，您這都知道了。

左衛門　我在吉助家問了他孩子。

阿兼　這事到底是怎麼個來龍去脈？（把獵槍掛在牆上，收拾獵物）

左衛門　今天太不順了，真是倒楣透頂了。我一大早就進了山，轉來轉去才打了三隻野雞。後來順便到了吉助家，這傢伙真狡猾，我態度一硬，他就流淚，好像非要給你磕頭下跪不可。這時我的心腸要是軟了，包準得遭殃。這周圍的老百姓都不是他的對手。（穿上和服，湊到爐旁）

阿兼　那麼，到底怎麼了？

左衛門　我先對他說，過年以前不付錢，我就不客氣了，按早就想好了的辦。但這麼一說，吉助的臉變得鐵青。他媽抓著他哭不肯放手，鬧得吉也在一邊大哭。

阿兼　那多可憐哪？你再等等，他家確實很辛苦呀。

左衛門　不那麼簡單。我從心眼裡討厭那個吉助。他骨子裡壞，又愛奉承人。這個春天，他旁若無人地硬把人家的地界給擠小了。

阿兼　他壞是壞，不過他這麼幹，恐怕也是日子過得太苦的緣故吧。

左衛門　他苦？咱們家不也苦嗎？自從搬家到了這兒，惡運不斷，用積蓄買的田被洪水沖毀了，松若又生病，沒有一天好日子過。若想要對人心腸好，就怕沒完沒了。我不是只針對吉助，這邊的老百姓都這樣。我有時真想自暴自棄，恨世上所有的人。

阿兼　不管怎樣，先過個平安年吧。做事粗暴易結仇，到時你連覺都睡不好。有人說，挨別人的嘮叨能睡著覺，嘮叨別人難入眠。（片刻）該吃飯了。（從後門退場）

左衛門　松若，你剛才一直在看這個嗎？

松若　媽媽的畫冊，放在佛壇前邊的桌子上的。這裡面有好多畫，有宮殿、寺院，還有這幅有鬼拉著載了火的車，另外……

左衛門　啊。這不是那個《地獄極樂入門》嗎？

松若　地獄極樂？我懂。行善的人死後去極樂，做惡的人死後下地獄。不過，這是真的嗎？

左衛門　不對。全都是亂說的。人家這麼說是為了告誡。（略思索）如果真有這麼回事，那也只有地獄，哈哈……

松若　你看這兒，好多小孩在河邊堆石頭，這堆好的石頭又讓鬼用金棒子毀了。這是什麼？

左衛門　（陰沉著臉）這叫「賽河原」[1]。孩子死了，都得去那地方。

松若　我死了，也去「賽河原」嗎？

左衛門　都是瞎話，是我編的。（看松若的臉）別再看這畫冊啦。

松若　這畫冊挺有意思的。

左衛門　不行。這不是給孩子看的東西。（從松若手裡拿回畫冊）天氣冷，你快睡去吧。別著涼感冒了。

松若　我不睏。

阿兼　（上場。在雙層飯盒上放著酒壺端到左衛門跟前）讓你久等了。餓得慌了嗎？喝吧。（拿酒壺）

左衛門　（拿起小酒盅讓阿兼斟上，開喝）阿兼，我原本不願幹過份的事。小時候瞧別人打架，我的心都直跳。就這樣，被主子看不起，甩了。變成個流浪漢，到這邊來了。所以，我明白世上壞心眼兒的人不計其數。世人都是惡人。信賴都出賣掉了。心善的人倒邪楣，難過日子啊。我決定要嘲笑這個世道。對人溫順也是性格上的弱點，我非要克服這點不可。我必須練成一個面對再過分的事，都忍耐得住的心。我正在馴服我自己對付過分事。

阿兼　啊，天下哪有如此馴服自己的人？自己不積善心，反倒費勁要變惡。

左衛門　（邊喝邊說）我想變成一個惡人給你看看。我真想扒下那些偽善的臉皮，他們都是撒謊的傢伙。我有時就這麼想。是死，還是當盜當賊？反正這世上就這麼兩種過日子的方法。要活就得吃，不和人爭又想吃，那只有當乞丐。如果這世上的人都通情達理的話，乞丐的日子就是最舒服的了。然而，要是你討厭的人像對狗一樣把吃的扔給你，然後再用可憐你的目光看著你，於是你就吃這口剩飯活著。這種活法最痛苦了。這世上的人都是一路貨色。要是連乞丐都當不成，乾脆花力氣去搶，多舒服啊。早晚得與人有一爭，比起用個虛偽的面罩，擺出一副和善的面孔認為自己是大慈大悲的人，還不如就挑明了說，我是惡人。不然的話，要嘛討飯，要嘛滿腔怒火地死去。然而我和死還沒緣，必須變得很強，但是我又心軟，所以得鍛鍊出強勁來。今天在吉助家看他媽哭的時候，我也不自在。我暗地在心裡罵自己：他媽的，你變強點兒。我只要想著變惡，我怎麼樣都能變惡，變成惡棍！（喝酒）

阿兼　哎。沒人像你這樣一概而論的。你別在松若面前說這件事。就好像當爹的在孩子面前說，你給我當小偷去。你這個人根本就變不成惡人。你性子軟，待人溫柔，性格善良。是不是？

左衛門　不。我不想覺得我性格善良。要是善人，幹嘛不討飯呢？不，為啥不死呢？所有的人都在撒謊，人人都披著撒謊的皮。你難道聽不懂我說的道理嗎？（逐漸激動起來）

阿兼　我明白你的心情。

左衛門　我可不能變得心軟。到這兒來越來越窮，就是因為我心軟。人家看我是完蛋了的武士，不瞭解這裡的情況，就給我誰都知道要吃虧的買賣做，擠窄咱們的耕田，借錢不還。到如今，非當乞丐不可了。一家三口不得已，要到心裡最討厭

最討厭的人家門前哀求。現在不牢靠，往後更會窮途末路，我看你和松若太可憐了。所以不管怎樣，人都不能心軟。（大口喝酒）

阿兼　（擔心的樣子）別喝酒了。越喝，你越撒野了。我真的替你擔心啊。左鄰右舍沒有說你好話的，今天也如此。（聲音放低）聽松若說，吉也挑撥教唆別的孩子欺負松若，這都是因為你的脾氣暴躁。

左衛門　你說什麼，說我是原因？

阿兼　他們說松若的爹是殺生、欺負百姓的壞蛋，他欺負了我爹，所以得揍松若。他們找碴兒，把松若從路旁推進溝裡。

左衛門　敢幹這種事？這幫壞傢伙。我告訴老師去。

阿兼　已經說過了。可在回來的時候，松若受的欺負更厲害了。

左衛門　（大怒）吉也這個王八蛋。你這麼幹，我也有辦法。明天到吉助家，我非叫他服了不可。

阿兼　你要是幹這麼粗暴的事，對松若反而不好。還是靜下心來，多憐愛一下百姓吧，這對你比什麼都好啊。別跟人家較勁，按你生來具有的品性辦事不好嗎？

左衛門　這麼下去，只能眼睜睜看著這個家被毀掉。即使對人和氣了，對方也不會正經理你，這世道壓根兒就沒有造出這種人。要是對人和氣的話，就像我剛才說的那樣，非得站到你討厭的人的家門口不可，你有這份覺悟嗎？我天生就得不到巧妙生活的本領，這個本領不經過多次的磨練，我就無法生活，我就養不了妻子，也不能防禦外來的侮辱。（心發慌）我必須養成能夠忍耐惡的剛強性格，托你的福，我好像變惡了。過去，人家罵了我是惡人，我特別在意，夜裡失眠。可是現在，人家再罵，我無所謂。不，我覺得被罵也挺舒服的。我變得剛強啦。原來用獵槍打鳥打野獸，我都不願意，可現在跟沒事兒人一樣。（喝酒）我正想跟你說這個。為了下輩子，你別再打獵了。我打從心眼討厭殺生的人，

阿兼　我們也不是不靠打獵活不下去。

左衛門　一開始，的確不情願，可到了現在，我覺得太有意思了，停不下來了。對面的樹上有一隻鳥，那是屬於我的，一想到這裡，我馬上感受到一種獲勝的愉悅。殺牠放活牠，都隨我的心願嘛。撲通撲通，掉下來了一隻，我拿起來一看，翅膀上沾著血，還是溫的呢！牠碰巧被打中了翅膀，撲通撲通地掉了下來。有時

阿兼　牠還活著，這個時候，我不願看牠受長時間的苦，就擰斷脖子，解決牠算了。這樣的話，我不要聽，你別說。我媽媽在世的時候，她是多麼討厭殺生啊，因為她是非常虔誠的人。我們從小就受媽媽的管教，所以從心裡討厭殺生。你在院子裡殺雞的時候，沒有比雞的慘叫聲更教人討厭的事了。（稍看一眼松若）我發覺松若好像就是從你開始殺生後，才變得這麼軟弱的。

左衛門　哪會有這種荒唐的事！我真是聽膩了你的迷信。

阿兼　你連一丁點虔誠的心都沒有，你至少也在早晚，做一回禮呀。我們對於參拜，哪怕只是怠慢了一回，都會覺得心裡難受。真讓人擔心你的未來啊，也正因如此，我們運氣不好也是理所當然的。

左衛門　拜佛也沒用。我連跟佛像面對面坐下都覺得彆扭。（稍候）今晚真怪，一點也不覺得醉，都是你老說一些悲慘的話題。我要喝更多一些才行。（繼續喝了兩三杯酒）

阿兼　別亂喝。（擔心地看著左衛門、沉默片刻）我心裡真不踏實啊。（窗外掠過暴風的聲音）好大的雪呀。

（左衛門用酒盅一點點地喝酒，阿兼陷入沉思，松若在讀書。親鸞、慈圓、良寬，從舞臺的右邊上臺。墨黑色的衣服、僧侶專用的方盒子，腳上穿的是草鞋，手裡拿著拐杖。他們的斗笠上積著白雪）

慈圓　這雪下得真大。

良寬　好像越下越大呀。

慈圓　師父，你看起來累壞了。

良寬　衣服的袖口都結冰了，真冷。

親鸞　天已經黑了很久。

慈圓　大雪把道路都堵住了。

良寬　我沒力氣繼續走了。

親鸞　那就讓我們在這附近住下。

慈圓　向這家人乞求借住一宿吧。

良寬　這裡好像看不見別的人家。（上前敲門）有人嗎？有人嗎？

松若　（側耳細聽）爸，有人敲門。
阿兼　是風的聲音吧？
左衛門　這麼大的雪，可別出去呦。
松若　知道了。可外頭確實有人敲門。
良寬　（使勁敲門）有人嗎？拜託啦、拜託你們啦。
阿兼　（側耳細聽）的確有人在敲門，好像是人的聲音。（走出院子，打開門）誰呀？（看見三位僧侶）你們有什麼事嗎？

（松若在母親的身後，好奇地看著）

良寬　我們是趕路的僧侶，在這大風雪中很難走，真不好意思，能讓我們在這裡住一夜嗎？
阿兼　這可真有些為難。再往前走十戶，就有旅店了。
慈圓　我們靠著托缽化緣生活，身上分文也沒有。

良寬　不管什麼地方，只要能睡覺就行。

阿兼　是嗎？（仔細打量三位僧侶）那讓我跟丈夫商量一下。外面很冷，請到屋子裡面來，取個暖吧。

左衛門　阿兼，怎麼了？

阿兼　他們是趕路的和尚，三個人。雪地難走，想在這裡住一夜。沒有錢，住不起旅店。（三個和尚進門後，站在院子裡）

左衛門　（不高興的樣子）儘管是好不容易來的，但還是拒絕了吧。

阿兼　可是他們遇上了困難，讓他們住下不好嗎？

左衛門　不行，不能住。

阿兼　有什麼不行的？又不添麻煩。他們不就是出家人嗎？

左衛門　不行！（聲音發野）正因為他們是和尚，才不能住下。我最討厭和尚，在這世上最討厭他們。

阿兼　這麼說太失禮了。（小聲對慈圓說）他喝醉了，你別在意。

慈圓　（對左衛門）睡哪兒都行，就讓我們今晚留住一夜吧。

左衛門　我不答應。

良寬　在屋簷下也行呀。

左衛門　你真煩人。

慈圓　師父，怎麼辦？

親鸞　我來求他試試看。（對左衛門）給你添了麻煩，也出了一個難題，不過，難道就不能請你讓我們在屋簷下留住一夜嗎？

左衛門　你就是師父。（發出冷笑）原來如此。你的面孔倒是一副感謝人的樣子，可真不湊巧，我這個人就是討厭和尚。就像對蟲子喜歡不起來一樣。

親鸞　我知道你想哄我們走。但你就沒有憐憫之心讓我們住一夜嗎？

左衛門　憐憫你們，休想。你們的身分真教人羨慕呀。世上的人都尊敬你們，死了，還會去極樂世界。聽說你們只會做善事，可我只會幹壞事，咱們不是一路人啊。

親鸞　不對。自私才是唯一的壞事。

左衛門　（不聽親鸞所說）多謝你們的說教。托你的洪福，這世上的惡人都要消聲滅跡了。你們教導我們，要施捨、供養，如此方能根除罪孽，所以大家都願意把白米和金錢奉獻給你們；如此一來，寺院繁榮了，你們光坐著也能享福。做善事，死後就能通往極樂，這當然值得感謝。很可惜，這命運安排，偏偏讓你不能行善。不然大家都可以到極樂世界了，哈哈哈……

親鸞　你這話，說得一點也沒有錯。

左衛門　你們可真偉大！研讀艱澀的經文，而且還嚴守經書上的戒律，不殺生、不吃肉、不娶妻，完全就像個活佛。內心裡既不詛咒別人，見到女人也不起色欲之情，連骯髒的夢你們都不做，真是了不得！讓這麼偉大的人住到我這號人的家裡真是過意不去啊。

親鸞　哪裡的話，我決不是你說的那種清白澄明的人。

左衛門　我今天一大早殺了生，還跟人吵了架，後來又喝酒，現在又跟你們……

阿兼　左衛門。你怎麼連禮貌都不講了？這讓旁邊的人怎麼聽得下去？（紅著臉，對親鸞）出家人，請你多多包涵。（對左衛門）你不用說那麼多壞話，不用那麼諷刺，不想讓人家住，直接說不行不就得了？

左衛門　所以，我打一開始不就說不行了嗎？我討厭和尚，所以不能讓他們住下。

慈圓　那我們兩個人可以不住，但請你讓我們師父住下吧，他已經累壞了。
良寬　你看他冷得直發抖。
慈圓　只要大雪停了，我們一早就出發。
良寬　向你請求一夜的住宿，也算是某種因緣啊。
左衛門　我說不行就不行。

（外面傳來暴風的聲音）

慈圓　要我怎麼都行，只要師父他……（含淚）
左衛門　可是我最討厭你師父了，教人偽善的人尤其最教人討厭了。我雖是惡人，但我至少明白惡人該是什麼樣子。
親鸞　你發覺了很好的道理，而且跟我擁有同樣的心情。
左衛門　哈哈……你能跟我像嗎？
良寬　能住下嗎？

左衛門　不能。

慈圓　那就算了吧。不過，就讓我們在爐子邊上烤一下衣服吧，被雨淋溼的衣服像冰一樣寒冷。

阿兼　快請快請，請把衣服烤烤吧，我加些木炭，給你加點火。（但並沒走向爐邊）

左衛門　（攔她）別管閒事。（聲音發野）你們這幫人真不知好歹，剛才我說了那麼多，你們還不明白嗎？教人生氣，這群偽善者、厚臉皮的傢伙。

阿兼　左衛門、左衛門。

左衛門　（對親鸞）趕快給我出去。你這個要飯和尚。（用力推親鸞）

慈圓　你也太失禮啦。

良寬　別對我師父動手。

左衛門　滾出去。（推搡良寬）

良寬　你要幹嗎？（手拿拐杖）

左衛門　要打架嗎？（奪下親鸞的拐杖高舉）

親鸞　良寬，別撒野。

(親鸞跨入兩人之間，左衛門打親鸞，拐杖碰到了斗篷的邊上)

慈圓　師父，你快讓開。(攔住左衛門)

松若　爹、爹。(在周圍轉)

阿兼　(臉鐵青)左衛門、左衛門。(從身後抱住左衛門)

左衛門　你放手。找打呀。

松若　爹、爹。(抓住左衛門哭)

阿兼　(奔到外面，為虛弱的親鸞揉)你痛了吧？請原諒他吧。我該怎麼辦哪，你沒有受傷吧？

親鸞　你別擔心，我倒覺得他是一個個性很直、很純真的人。

慈圓　這太過分了。

良寬　(含淚)師父，我太無能了。

第二場

舞臺和第一場一樣。深夜，家中有左衛門、阿兼、松若三人，枕頭並排就寢。在門外，親鸞枕著石頭睡著了。良寬和慈圓在雪地裡說話。

良寬　風小了，可更覺得發冷。

慈圓　腳尖像被切碎了一樣。（稍候）師父已經休息了嗎？

良寬　剛才還在念佛，現在好像累了，睡下了。

慈圓　真能如此安穩地睡覺。

良寬　你看看師父的睡相，多從容啊。

慈圓　所謂活著的佛，說的就是師父這樣的人吧。

良寬　我只能是一個修行僧。（看到雪落在親鸞的臉上，於是用自己的衣服遮擋）

慈圓　真是辛苦啊。

良寬　我年輕，沒關係，可師父和你應該都累壞了。不摸還好，（用手摸親鸞的身體）這手腳真冷，都凍起來了。

慈圓　這家的媳婦靠著爐邊睡得倒是暖和。
良寬　這家的男人太過分了，儘管說的是酒話。
慈圓　真是的，借給我們一個屋簷，難道不行嗎？
良寬　我一直徒步修行，今天這種事還是頭一回遇到。
慈圓　還打師父。
良寬　我當時真要發火了，誰能管得住我，要不是師父制止，我早跟他打起來了。
慈圓　你的火氣還真大啊。（稍侯）真佩服師父的忍耐力，我一直跟著他修行，翻山越嶺，碰到了不知多少的苦難。有一回走過大雪封山的山道，差點餓死；還在山裡被強盜搶劫過；也曾在走過無人險境時，師父的腿絆倒在岩石上，布襪子都被血浸染成紅色的了。
良寬　在京都的時候，連草鞋也沒讓他穿過啊。
慈圓　那時都用轎子抬，總有許多弟子跟著他。後來上面給治了罪，判他流放，那苦難真不是用語言能夠表達的呀。
良寬　你從那個時候起，就已經寸步不離地跟隨了師父。

慈圓　我一直到死都要跟隨師父。在京都時，他對我有過大恩，想起他的慈悲，不管多大的災難，我都不會離開他。

良寬　你說的真對！（稍候）我恨比睿山和奈良的僧侶。對這樣一位至尊聖人，為什麼偏要歪曲事實，封殺他呢？我真不能忍受那時京都的騷亂啊。

慈圓　想起那時的事情，真教人難過。優秀的弟子們，有的被砍頭、有的被流放，那麼多相互敬愛的人都被迫分離。師父與法然大師分別的景象，直到今日，我都不能忘記。

良寬　這真令人嘆惜。

慈圓　這是因為他們互敬互愛的緣故。師父在小松谷的禪室裡告辭時，法然大師在桌前坐著，一直念佛。師父哭出聲來，因為他們彼此知道今後很難在土佐國和越後國再會了。那時法然大師已經年近八十了。

良寬　法然大師是怎麼說的呢？（含淚）

慈圓　親鸞啊，你別哭。讓我們用念佛來告別吧。到了淨土，我們再見。讓我們到那時，都成為美麗的佛陀吧。南無阿彌陀佛。

良寬　從此就分別了嗎？

慈圓　我忘不了。那是承元元年三月十六日、京都正值櫻花盛開的季節。同一天，法然大師去了土佐，師父向著北國出發了。

良寬　法然大師現在怎麼樣了？

慈圓　已經去世了。這個消息是我們走到上野國時知道的，當時師父倒在路旁，失聲痛哭。

良寬　這真是生死之別啊。

慈圓　是啊。（用衣袖擦眼淚）

（兩人沉默片刻）

良寬　還沒天亮呀。

慈圓　才剛過了午夜。

良寬　這麼冷，沒法睡著。

慈圓　你不睡，明天的路上會很疲勞的。

良寬　那就睡一會吧。

（兩人橫躺著，閉上眼睛）

左衛門　（發出難受的聲音）嗚……嗎……

阿兼　（起身）左衛門，左衛門。（喊醒左衛門）

左衛門　（睜開眼）啊，這是做夢嗎？（看四周，發呆）

阿兼　你怎麼了？難受得直出聲！

左衛門　我做噩夢了。

阿兼　我沒怎麼睡，正打盹的時候，你突然發出怪聲，嚇了我一跳。

左衛門　哦。（沉思）

阿兼　我覺得不妙。你一睜開眼看著我的時候，那表情可恐怖了。

左衛門　與其說恐怖，還不如說可怕，真是個可怕的噩夢。彷彿就像在回應靈魂深

處。（一副認真的面孔，回憶自己的夢）

阿兼　什麼夢？你跟我說說，我也有點掛心。

左衛門　（坐在床上）我夢見我殺了雞。在一個小竹林的背陰地裡，到處都滾著原木，我一隻腳站在上面，一隻手狠打雞的兩個翅膀和腦袋，然後一根一根地拔牠尾巴和身上的雞毛。那雞好像很疼，每拔一根毛，牠的腿就抽動一下。我讓牠的腦袋一個勁地打轉，被擰的雞頭連叫都叫不出來。看著看著，從雞身到胸脯，那黃不邋遢的雞皮疙瘩就露了出來。雞毛挨拔時的那副醜態，像是嘲諷誰，很殘酷的感覺。

阿兼　真討厭，都是因為你平時老殺雞，所以才會做這種夢。

左衛門　可這回不一樣，我偏想拔掉那個雞翅。我揪住一個雞翅和一個雞腿，用力在地上摔，可翅膀太大，骨頭太小，輕輕拔還拔不下來，每拔一回，雞就發出一次悲鳴。

阿兼　我看沒有比這個悲鳴更難受的聲音了，你應該殺了牠以後再拔雞翅才對。

左衛門　那樣雞翅就難拔了，而且肉也不會香。我在夢裡一聽到雞的悲鳴就感到一種不可言喻的殘酷快感，我不管雞頭，一根一根地、慢慢地、慢慢地拔雞毛，我正這麼做的時候，你出現了。

阿兼　討厭。我也出現了嗎？

左衛門　哦。那是後半部分的事，你跟我說，別老讓雞叫，於是我就把雞頭狠擰了幾圈，那感覺就像擰手絹一樣，然後把雞頭擰到雞背上，一隻手掐著雞肚子，一隻腳踩著雞腿，就這樣堅持了一會。雞的信念真深，牠用屁眼呼吸，我算服了，隨手就放了牠。可這隻禿毛的雞已經不像雞了，而且一下子竄出去好遠。

阿兼　你快別講了，真恐怖。

左衛門　恐怖的事才剛開始。我急忙去抓這隻雞，這回先切斷牠的腦袋，踏在地面，用菜刀再剁牠。可這隻雞用奇怪的眼光看著我，好像在訴說著什麼，叫聲很微弱，那是一種哀憐而傾訴的叫聲。這時，我覺得眼前的事情似乎是我從前經歷過的，我聽見過這個叫聲，至少有那麼一次。現在，一個我已遺忘許久的光景那麼不可思議，卻又那麼清晰地在我的記憶中甦醒過來。很久很久以前，在一座大山裡，我拔出一把腰刀逼過一個女人。那女人如泣如訴地哀哀啼哭。我想起來了，那就是她的哭聲，現在報應終於來了。屠殺者手裡的菜刀似乎要放下，但並沒有真正放下。就在此刻，我難受得出了聲，醒了。

阿兼　這夢多麼恐怖啊。（身子發顫）

左衛門　這是前世的罪惡光景，我想起它，才有這種恐怖。越是恐怖，記得越清晰。啊，那就是地獄，現在想起來，連我的靈魂深處都冒出了寒氣。（臉發青）

阿兼　今天晚上也不知為什麼，總覺得奇怪。我上了床，卻一點也睡不著，所以就想了許多許多的事。我想起了死去的母親，說出來別見笑，我覺得晚上的這個出家人好像是我母親的轉生化身。

左衛門　傻瓜，哪會有這回事？

阿兼　你不知道母親的信仰之心有多虔誠。她在臨死前跟我說「我是沒救了，但死了以後，我會變成和尚回來，你記住啊。到時候我還要到大門口來巡禮啊。」這是真事，現在想起來，也是從那之後，我從來就不敢怠慢巡禮的和尚。

松若　（睜開眼）你們都起床了？

阿兼　沒有，現在還是深夜，這麼冷，快睡下。（給他蓋被子）

松若　是嗎？（又睡下）

（兩人沉默，外面傳過一陣風聲）

左衛門　晚上那些出家人在幹什麼呢？

阿兼　可能在雪裡迷路了吧。

左衛門　我還是惦記啊，可昨天喝酒喝醉，我太過分了。（若有所思）

阿兼　你還用拐杖打了人家和尚。

左衛門　真是幹壞事了。

阿兼　連我在旁邊看著，都覺得你幹得一點也不光彩。不僅僅是打人，還有你平時的那種嘲諷、誇耀、彆扭的無情態度。

左衛門　我也覺得如此，但晚上也不知道怎麼回事，脾氣很怪。

阿兼　那個和尚看起來是一個好人，心平氣和，態度也很謙虛。我想叫他們住下，可你聽不進去。

左衛門　好像是一個不同尋常的和尚。

阿兼　他長得很漂亮，一丁點也不教人生厭，在他的面前看了你這副模樣，我都覺得害臊，臉紅。

左衛門　我也這麼想。

阿兼　晚上的你真見不得人。人家和尚沒有因為你的嘲諷就怎麼樣，反倒用可憐的眼光看著你。

左衛門　（紅臉）聽你這麼說，我實在無話可說。

阿兼　人家弟子求你，他們躲在家門口都行，就是別教師父凍傷了身體，可你還是那麼冷淡，他們真是太可憐了。

左衛門　為什麼會這樣呢？我的身體裡住著兇惡的靈魂嗎？

阿兼　你還用拐杖打人家，當時那個年紀比較大的弟子都流淚了，年紀小的弟子憤怒地奪過了拐杖，幸好讓和尚制止了。他當時滿臉的威嚴神情。

（左衛門不說話，雙手抱臂）

阿兼　我跑到外面，不由自主地摸著和尚的肩頭，請他饒恕。真是太可憐了。

左衛門　和尚那時說了什麼？

阿兼　他說不要緊，像我們這樣徒步修行的人常常遇到這種事。

左衛門　後來他們怎麼樣了？肯定在詛咒我吧。（沉思）你能把他們叫回來嗎？我一想到那和尚一輩子也不忘詛咒我，又在雪裡巡禮，我就受不了。

阿兼　不會的，我說了，請你千萬別詛咒我丈夫，他讓我放心，還說你是一個心地純潔的人。

左衛門　他真是這麼說？（含淚）把他們叫回來，我一定要道歉。

阿兼　在這大雪的深夜，也不知道他們的去向，到哪兒去找？

左衛門　可是就這樣見不到他們的話，那真教人受不了啊。

阿兼　但是沒有辦法呀。

左衛門　要是他們還在門口呢？

阿兼　哪會有這樣的事？要是還待在那裡的話，人非得凍死不可。

左衛門　可我還是掛心，你去看看。

阿兼　看看就看看。（手拿蠟燭，走到前庭，打開窗戶向外看）啊呀，左衛門，你快來呀。（奔出屋外）

（左衛門很緊張，臉刷白，奔出屋外。松若聽見母親的呼叫也醒了，跟著父親出來。三個和尚受驚，睜開眼，起身）

阿兼　啊，你們怎麼還在這裡呀？下著這麼大的雪，又是在深夜，你們怎麼了？很冷吧？都快凍僵了吧？

左衛門　（對親鸞）我……我……（哭）請原諒我。（在雪上下跪）

（親鸞受感動，動作有些遲緩，摸著左衛門的肩頭，無語）

阿兼　這人真好，這人真好。

慈圓　（含淚，小聲）南無阿彌陀佛南無阿彌陀佛。

良寬　南無阿彌陀佛南無阿彌陀佛。

阿兼　你們快請進屋吧。快在爐子邊烤烤，這麼深的夜多冷啊，穿這麼薄的衣裳，快請進屋吧。（替親鸞掃身上的雪）雪下得這麼大。（進屋）

（左衛門跟進。親鸞、慈圓、良寬，沉默不語進了屋，把雪掃在外面，並站到門庭）

左衛門　（進到屋內，坐到席子上）請上來吧。阿兼，你多加些柴火。

阿兼　（加柴火）請上來，把衣裳放在爐子邊上烘乾。

親鸞　（對弟子）坐上來吧。（親鸞脫下草鞋，靠近爐子邊，慈圓和良寬跟著做出同樣的動作）

左衛門　晚上我太過分了，喝過酒，人就變怪了。這段時間，我總覺得自己很怪，是我不好，真害臊，我還嘲諷你們，冷笑你們。（熱心起來）我最擔心這個，你們一定認為我是卑鄙的人，你們要真這麼認為，我也沒法子。我一直就是這麼卑鄙。可昨天晚上，我的心裡有一股不可思議的力量，叫我如此行事，而且我連抵抗的力量都沒有。

親鸞　這是業之所致，人犯罪都是被這種力量所強迫的，誰也無法抵抗。（片刻）我不覺得你是卑鄙的人，反而是純潔的人。

左衛門　你這麼說真讓我安心。當我說出一句罵人的難聽話時，馬上就會有下一個難聽話從我身子裡面上升到嘴邊上，不到我罵出口，它是不會停的。把你轟出屋外，我心裡就開始後悔，但我假裝不知道，用喝酒敷衍。可一大早，我被一場不可思議的噩夢驚醒了，睜開眼，酒也醒了。我又想了一遍晚上的事，心裡有一股痛苦的後悔，我打從心裡直想道歉。如果不道歉，就這麼活下去，那我可怎麼辦才好？正在這個時候，我看見了在大雪裡受凍的你們，請原諒我吧。

親鸞　佛陀會原諒你的。為了讓你的心平安，我也原諒你。哪怕你對我幹了壞事，我也不想制裁你，換個角度說，是因為我不值。昨天晚上，我起先聽你說的話，就直覺感到你的心是善良的。所以我用親切的心對待你，但你沒有接受我，那時我是恨你的，而且被你轟出門外的時候，我的心是憤怒的。如果沒有你夫人出來調停的話，我可能會詛咒你，但我跟你夫人說過我絕對不會詛咒你。夜深了，寒冷浸透了全身，這時我的心開始恨你。我無法以佛陀那樣美麗的心來念佛，也可以說，我就要被肉體的痛苦壓垮了。這樣一來，我就和詛咒你們的心抗爭，我的心被罪惡與痛苦俘虜了。

左衛門　你的話跟我從前聽過的其他和尚的話不一樣，你把自己說成了惡人。

親鸞　我相信我自己是惡人。對，是惡人。我是很難得救的惡人，我的心詛咒同樣的佛子，我的肉體吃同樣的佛子，所以我必須成為惡人。

慈圓　師父總是那樣令人敬仰。

阿兼　左衛門也經常這麼說。

親鸞　（對左衛門）我發現了你的良善之處。你的想法是真實的。

左衛門　你這樣不痛苦嗎？我一這麼想，就自暴自棄，我雖然有仰慕善良的心，但又不能不做惡，那麼活著是活不去的，而且不想惡事都是不行的，那是相當可怕的，不合情理的，所以，我沒法子，時常想變惡、行惡。

阿兼　左衛門說他要把自己訓練成能夠頑強忍受惡的人，所以故意做惡來訓練自己。

但他總在心裡自責，於是痛苦不堪、自暴自棄、酗酒。在我看來，他就是因此才變得越來越野蠻。

左衛門　如果無法避免要淪為惡人的話，我不願被其他惡人侮辱，我也不願把自己假裝成一個大善人一般。所以說我是惡人，我乾脆就用這個名字闖蕩混世。（稍候）出家人，請你們教教我，真有極樂與地獄嘛！

親鸞　有，我信。我先信有地獄，尤其當我傷害了別人的命運時。而且當這種傷害又無法挽回的時候，我就想對某人大喊：請鞭打我吧、請懲罰我吧。可我找不到付出代價的方法。做了殘酷的事，自己不受到報應行嗎？這就是我靈魂最真實的感受。

左衛門　我剛才就有這種感覺。如果沒有跟你們道歉的機會，就只有剛才見過的那麼一面，那我所做的惡就永遠不會消失；而且如果你們還要一邊巡禮，一邊詛咒我的話，我的惡更會留下沉重的烙痕。我在殺活雞的時候也總是這麼想，幹這種事不得報應行嗎？我一想起我打了你，就想讓你現在打我。

親鸞　我想地獄是一定有的，但同時，也必然有從地獄逃生的道路。如果不是這樣的話，那我覺得這世界的存在本身就是一個謊言，但又並非如此。因為事實上，我們就是活著，在這個世界上存在著。既然如此，那麼這個世界就應該是調和的，人總是可以在某個地方得到救贖的，至少我就是這麼想。當我們覺得自己是惡的，而且是悔恨的時候，難道不覺得有一份置身於地獄的感覺嗎？像現在一樣，我們圍著爐子，促膝談心，你沒有覺得在什麼地方一定會有極樂嗎？

左衛門　我也這麼覺得，但這種感覺經常被打亂，碰見一件事，轉瞬就變。在我的內心裡，憎恨與憤怒總是居於上風，而證明地獄存在的感受占據了我。

親鸞　我也一樣。這就是人內心的真實情況，人心因為受到刺激而發生改變，我們的心就像風前的樹葉那樣容易被吹散。

左衛門　這個世界的本身就是向我們強加其惡，我一心想作為一個善人終身為善，但正因如此，反倒遭人的傷害，所以我覺得我不能終身為善，要麼就是死，要麼就是討飯。我一死，老婆和孩子太可憐了。可是，叫我站到別人門前，乞討一份憐憫，我也做不到。所以除了做惡人，我沒有別的道路可走，但話雖這麼說，我的內心還是受到了譴責。

親鸞　你的痛苦是所有的人都應該有的，只有偽善的人才沒有這種痛苦。獲得了想變善的願望，正視自己的心，而且還能忍耐這種正視的人，就會像你一樣痛苦，我尊重你的痛苦。我九歲出家，為了變善，在比睿山和奈良修行數十年，想從內心裡割除那種詛咒，但那是多麼不容易的事啊。我的願望沒能實現，我感到絕望，所以我相信，人是無法變善的，絕對不損人的事是做不到的，這種命運早就被安排好了。

左衛門　我還是頭一回聽你這樣的出家人說這種話，那人都是惡人嗎？你也是惡人嗎？

親鸞　我是罪孽極為深重的惡人，之前遭逢的命運已教我明白了惡根之深。我睜開善心的眼睛往前走，但看到的卻是以前從沒發現的惡。

左衛門　你說過有地獄。

親鸞　我信有地獄。

左衛門　（認真的表情）那你非得墮入地獄不可嗎？

親鸞　照這個樣子，也許差不多了。

左衛門　你不怕嗎？

親鸞

哪裡是什麼怕不怕的問題，我白天黑夜都在它的恐怖中顫抖，我以前就從來沒有懷疑過地獄的存在。那時，我還是一個孩子，跟小夥伴一起玩，還老唱「目蓮尊者的母親心險火輪」，我很害怕這首歌，總想怎樣才能避免墮入地獄？後來我想只要不犯罪就沒事了，因為，有人教我多積善根為好，於是，我照此一直努力。之後，我歷經千辛萬苦拼命修行。下大雪的夜裡，我從比睿山下來，走到三里半以外的六角堂，連續一百個夜晚去參拜。可是，積累一份善，竟然會增加十分惡，這就好比在賽河原的孩子，不管怎麼累石頭，到頭來還是被鬼一下子推翻了。在我內心長大的惡越來越清楚地證明了地獄存在的事實。所以，我對逃避惡已經喪失了希望，並決定下地獄，反正早晚都是如此。

左衛門

這真嚇人。聽了你的話，我不再認為沒有地獄了。靈魂深處，銳利而根深的力量正向我逼近，我對命運看得太簡單了，曾經覺得地獄也許是不存在的。今天孩子問我真有地獄和樂土？我說那是謊言，是別人編的故事，可這麼說，我是沒有自信的。我半開玩笑地說，也許只有地獄，可這麼說，也許真說到重點上了，我覺得不安。見到你，跟你一交談，我那種凡事看得簡單的心就不再作怪了，靈魂深處的智慧受到了召喚，同時地獄的恐怖也襲身而致。

阿兼　昨天晚上說的那個夢話，真教人覺得難受。

左衛門　（門外傳來風聲）難道就沒有一條從地獄逃脫的道路嗎？

親鸞　如果你覺得只有積善才能去樂土，那就沒有路可走了。但我相信，哪怕是惡，也能依靠其他法門去樂土，這就是愛，是寬容，是超越善和惡而發揮的作用，這個世界就是依此力量被支撐起來的。這個力量比善惡的區別深，而且還孕生善惡，迄今為止的出家人都教人善行去樂土，但我不再信了。如果信的話，那我將永遠身陷地獄。我相信佛陀就是會救我們，會按照我們原本的惡樣救我們，原諒我們的罪，這就是佛陀的愛，我信這個愛。不信它就沒辦法活了。

左衛門　（目光發亮）殺生、姦淫者也能得救嗎？

親鸞　哪怕你是十惡五逆的罪人。

良寬　慈悲是沒有分別的。

慈圓　我們師父開闢的救濟大道，就是「他力」的信仰心。

左衛門　（臉緊張而鐵青，沉默。不時，異常地感動，聲調變化）我覺得奇怪，好像突然間聽見了一口大鐘的鐘聲，這個鐘聲一直迴響到了我的靈魂深處，我等了好久的東西終於到來了，我覺得既親切又貼切，而且還帶著一份感謝之情。我覺得我馬上就得到了救贖，這是千真萬確的。這不是謊言，全是真的，是發自我想哭泣的感恩心情。

親鸞　這的確是真的。我在吉水見到法然聖人的時候，這個救度[2]就已經進到我的心裡，我當時跟你現在的心情是一樣的，好像回想起曾經遺忘的東西，想起了一件再單純不過的事情。任何接觸過我的人，都覺得這真理真是平易簡單得不可思議。但請看看我們靈魂的真實樣貌，唯有我們正在愛，能夠寬容別人的惡時，我們的心才是最平靜的。我們總是做惡、憎恨和詛咒別人。但是在各種骯髒的內心活動當中，我們知道了愛，體會了此刻的感謝和眼淚，於是就能繼續寬容下去。救度也是相同的簡單法則。從靈魂深處復甦的是最單純的東西，因此而成為信仰。

慈圓　您這麼長時間地痛苦，真正直視了自己的心。您的心路歷程為接受信仰「他力」做好了充分的準備。

良寬　從前的退縮是有其必要性的，這就如同水往低處流一般簡單的道理。

親鸞　我知道你的信仰心是堅固的。

左衛門　我今晚真高興，好像丟失了多年的平靜，今天又找回來了一樣。（含淚）

親鸞　你說你正在努力讓自己習慣於惡。

左衛門　我天生就不能軟弱，苦於闖蕩人世，所以必定會變成惡人。

阿兼　所以你打獵、殺雞、跟老百姓吵架。

親鸞　我很同情你的心，但你這想法是辦不到的。你思考過「業」的意思嗎？人努力想變惡，但並不能變惡，一旦被「業」逼迫的話，那就什麼罪都能犯了。你不要勉強，老老實實按照你的心願做吧。你的性格是善良的，沒有辦法。

左衛門　那我努力變善，不行嗎？

親鸞　如果是打從心裡想變善，那也未必不可。但我說的老老實實是按照自己靈魂的本來願望而做，人的靈魂向善是自然的；但是，「宿業」的力量妨礙了我們，教我們無法滿足這個心願，我們被懲罰不能排除惡。但我們變善的心願到哪也不會消失，所以我們只能一邊帶著惡，一邊求取救度。不過，這個心願之所以不能實現是因為地上的宿命。我相信這個心願在透過念佛而成佛時，會得到滿足的，所以我一直到死也會繼續這個心願。

左衛門　難道我們不能度世[3]嗎？

親鸞　的確不能度世。善良的人變窮是當然的，如果你是自然地變窮，那也沒辦法，就只好變窮。人無論怎樣都是能活下去的。佛經裡說，釋迦也得托缽，我就像你看到的這樣，翻山越嶺，但也活到了今天，而且，我的兒子也活著。

阿兼　您也有孩子嗎？

親鸞　是啊，留下在京都，六年前離開後，一直沒再見面。

阿兼　那您的老伴呢？

親鸞　離開了京都，我在越後的時候，她去世了。

阿兼　臨終的時候，您沒在場嗎？

慈圓　師父為了道，蒙受了上方的怒罵，被判了流放罪。在他的老伴去世的時候，師父正在回到京都的途中，沒有趕上。她去世的時候才二十六歲。

良寬　她的名字叫玉日，長得很漂亮。後來遭受了太多的苦勞，她畢竟是官家的後代……

親鸞　你別再說下去了。

阿兼　（含淚）你一定很想見你的孩子吧。

親鸞　是啊。有時很想見啊。

阿兼　天下父母心啊。

親鸞　（對松若）你幾歲了？

松若　（臉紅了）十一歲。

親鸞　好孩子。（摸他的頭）

左衛門　身體不太好，我們很擔心。

親鸞　臉色好像真的不太好。

（眾人沉默片刻）

親鸞　良寬。你看看我的箱子。之前被拐杖磕了一下，發出了怪聲，是不是……

良寬　（打開箱子看）啊呀，佛像碎了。（拿出一個小的佛像）

慈圓　左手沒了。

左衛門　（臉發青）給我看看。（緊盯著佛像看，看著看著流出了眼淚）

親鸞　左衛門，你怎麼啦？

（所有的人都看左衛門）

左衛門　我太不像話啦。你們看這尊刻得這麼細緻的小佛像，是我把這個小佛像打碎了。這只美麗的左手，每一個指頭都刻得這麼美……我的靈魂發狂啦，我幹了一件壞事。我的業障深重，太可怕啦。是我打了親鸞，是我罵了弟子們，是我把佛像毀了。我……我……（哭）

親鸞　左衛門，你別哭。就算你罪惡深重，但佛陀的慈悲會原諒你的。這個佛像就做個紀念送給你吧。看著它，你可以隨時想起你的業障深重，同時也能相信原諒你重罪的佛陀。也請你用這樣的心去愛你周圍的人吧。良寬，慈圓，我們準備

走吧。（親鸞站起身）

左衛門　（拉著親鸞的衣袖）請等一等，我要出家。我要跟著你，你到哪，我就去哪。

親鸞　（感動）我理解你的心。我也在流淚呢。但是，請你不要這樣想。淨土宗的信仰之心是在家的信仰之心。商人是商人的，獵戶是獵戶的信仰之心。所以我也有妻子，所以我也吃肉，我不是僧侶。人在家，但心可以出家，不要講究形式。心才是最重要的。

左衛門　可這樣與你告別太教人難過了。我們什麼時候才能再見面呢？

阿兼　再停留四五天吧。

親鸞　相聚必定要相別，這是世上的規矩，要是想念的話，就請念佛吧。我就住在我們的念佛聲中。

左衛門　不論怎麼樣，也要走嗎？

親鸞　我們有緣分，還是能再見面的。

阿兼　你們現在要往哪個方向走？

親鸞　還沒有確定去哪。

（親鸞、慈圓、良寬為了做準備走出了門。天亮了，左衛門、阿兼站在門口，松若的手牽著母親，一起目送他們）

親鸞　我就是這樣與許多人告別的。在我的心裡有許多難以忘卻的人們，從今天起，你們也加入了這些人之中。縱使我們分別，我也會為你們祈願。

左衛門　我一生也忘不了你，我為你祈願。

阿兼　請你多注意身體。（含淚）

慈圓　天亮了。

良寬　雪好像也停了。

親鸞　再見吧。

左衛門　再見。

阿兼　再見（對松若），說再見。

松若　大伯，再見。

親鸞　（用衣袖抱起松若）再見。長大了，一定變成一個了不起的人啊。

慈圓　再見。
良寬　再見。
（親鸞、慈圓、良寬下場。左衛門、阿兼、松若含淚送別）

註釋：
1 賽河原。在日本的信仰中，陽陰交會處叫「三途川」，對岸是「賽河原」，比父母早逝的孩子，必須背負著讓父母傷心難過的不孝罪名在岸邊堆石頭。
2 救度。佛教、道教用語。謂救助眾生出塵俗，使脫離苦難。
3 度世。指度脫三世迷界之事。

第二幕　世上沒有不造罪的戀愛

地點：西面的洞院禦坊

大堂後院的僧侶的房間。大堂高，可俯視京都街景。堂下有馬路，以及行人們。

時間：從第一幕起，十五年以後。一個秋天的下午

人物：親鸞　七十五歲

松若（改名唯圓）二十五歲

僧侶三人

來訪的眾人六名

掌櫃

女僕

青年人二人

僧侶三人聊天。

僧一　離開始念經還有一段時間。

僧二　咱們還是快點準備吧。大堂裡擠滿了參拜的人。

僧三　這個時間還是這麼興隆，真了不起。

僧一　好多人都擠不進大堂，只好坐在外面的走廊裡面。也難怪，今天是為了夙負盛名的法然聖人開的講演會。

僧二　這是有道理的。他在世的時候是黑谷受崇仰的活佛，被流放到土佐的時候，從七條到鳥羽的那段扛神架的路上，老少百姓都哭著為他送行。

僧三　那個時候，我一直跟到鳥羽的南門，後來還划船過河。他戴著一頂梨打烏[1]的帽子，遮住了長長的白髮。穿著水色武士服的法然上人從神架上下來，轉乘船的時候，那莊嚴的樣子一直到現在還浮現在我的眼前。

僧一　他去世已經二十三年了，時間真快呀。我們也都老了。

僧二　無論是法然聖人，還是我們的師父，他們都受過很多苦難，今天的繁榮是托他們的福呀。

僧三　如果法然大師能夠在今天看到我們的威勢，他一定會非常滿意。

僧二　師父他已經上了歲數。

僧一　這次生病不要緊嗎？

僧二　沒關係。他只是有點感冒。

僧一　唯圓照顧得很周全，讓人放心。

僧二　唯圓這麼年輕，對什麼事情都很用心。

僧三　他真是一個體貼的人啊。

僧一　師父也是非常寵愛唯圓。

僧二　身邊的事情都交給唯圓辦。

唯圓　（上場。從長廊走向大堂，遇見僧侶）大家好。

僧三　唯圓。

唯圓　是。（止步）

僧一　你有急事嗎？

唯圓　沒有很急的事，但我想到大堂看看。

僧二　那請你在這裡待一會吧。我有事請教。

僧三　在念佛之前，我來給你倒茶，聊聊天吧。

（唯圓走到僧侶旁邊坐下，僧三為唯圓倒茶）

僧一　師父最近怎麼樣？

唯圓　他現在正在睡覺。

僧二　身體沒有事嗎？

唯圓　是的，大致上已經沒有事了。今天是重要的法然大師紀念日，師父說他一定要出來操辦。我勸他務必注意身體，不過他現在已經可以出來到院子裡散步了。

僧三　那就好，身體不能搞壞了。

僧一　師父跟我們不一樣，一定要注意身體啊。

僧二　師父可是念佛宗的基石。

僧三　法然大師去世以後，出現了許多敵人，都是由親鸞大師迎擊才獲得了今天的繁榮。這是大師的德高之處啊。

僧一　大師萬一出了事，我們這個流派就要墜入黑暗啊。

僧一　而且不知道會使多少弟子喪失善良的智識，致使走投無路啊。

僧三　我們想依靠親鸞的兒子善鸞，可他又是那麼一個樣子。

僧一　身為繼承法統之身，可他卻跟他的父親背道而馳，真是丟臉啊。

僧一　而且性子也跟師父不同，他的脾氣暴烈。

僧三　真是不肖子啊。

唯圓　師父身體的病痛能夠早日解除就好了。

僧一　我想他的身體狀況是很難完全復原的。要是由他兒子世襲的話，那會牽扯到我們流派的名聲的啊。

僧二　對佈教也不利。

僧三　別說有這回事了，哪怕什麼事也沒有，這世上還批我們對佛教的誠心是廢止了萬善的結果。

唯圓　善鸞是一個善良的人，並不像你們想像的那種人。我跟善鸞只說了一會兒的話，就覺得他挺好的。我不知道他做過什麼，反正我覺得他不是壞人。

僧一　我覺得唯圓的話不單單是放任善鸞不修行，而且也是違背淨土宗的信仰的。

僧二　如果任憑放蕩，又不信淨土宗的話，恐怕沒有別的出離的方法了。

僧三　你要是這麼講，那不就等於說，做了壞事，反正也會得救，那乾脆就把壞事做絕，做到底吧。

僧一　我想大概也是這樣，但實際上好像又不是這樣。我真是想不明白。

僧二　師父發火也是有一定的道理的。

唯圓　師父暗地裡為了善鸞的事情多擔心啊。

僧三　照現在這個樣子，是免不了要受折磨的。從在稻田那時起就不斷受到折磨了。

唯圓　善鸞這次要從稻田到京都來。

僧一　我們肯定是見不到的。

唯圓　見面才能讓大家彼此瞭解，我請你們跟他見個面。

僧二　這樣的事情是不可能的，我們會受師父訓斥的。

僧三　善鸞不僅心不改，會不會反倒一事無成。

唯圓　我覺得很難過。

（短暫沉默）

僧一　今天的法話由誰來講？

僧二　我講。

僧三　你準備講什麼？

僧二　我想講「法悅」的事情。信佛會感到喜悅，這就是經書上說的踴躍歡喜：不需富貴，不要名譽；我有比這一切都快樂的「法悅」，因為有了「法悅」，我才能身穿黑衣貧窮地活到這個年紀。

僧一　是啊，我們不羨慕他人的榮華。我信我的心裡穿著用肉眼看不見的衣錦。

僧二　我今天也想講。大家知道「法悅」的味道嗎？如果大家不知道的話，那麼就假設你們積攢了無數的財富吧，但我還是甘於當一個貧窮的人。（聳肩）

僧三　這個說法很果斷，是一個很強烈的宣言。

僧二　年輕的男女少年啊，我想說，你們知道「法悅」的味道嗎？如果大家不知道的話，那麼就假設你們沉浸於甜美的戀愛中吧，但我還是一個哀憐的人。

僧三　年輕人都會豎起耳朵。

僧二　我想說，你們從我這裡把什麼都搶去吧。富貴，名譽，戀愛。但是，請把這個「法悅」留給我，如果連這個都被奪取的話，那對我來說就等於死亡。

僧一　這正是我要說的，現在你替我說出來了，我覺得很痛快。

僧三　我的心也一樣。要是沒有這個「法悅」，實際上我們是很悲慘的。世上大概沒有比當僧侶更無聊的事了。我是靠這個「法悅」而活著的。

僧二　我想說，這個「法悅」就是我們被救度的憑證。我們不把希望放在這個汙濁的人世，而是擁抱淨土中的希望。我們患了病也不害怕，死對於我們來說不是失，而是得，因為我們可以往生淨土。我想對大家說這些話。

僧三　這些都是實話，是我們這些信徒的實際感受。

僧一　前輩們一生貧窮，但悠然如富貴一樣，這就是因為大家的心裡都有踴躍歡喜的心情。

僧二　唯圓，你在想什麼？

僧三　你好像有些消沉。

僧一　臉色也不太好，覺得不舒服嗎？

唯圓　不是，可不知道為什麼，我的心裡覺得很沈重。

僧三　要是這麼沉重的話，你就坐在佛台前念經吧。一切會顯得明亮的，你的心也會變得愉快。

唯圓　是嗎？

僧一　要大聲念經啊。

僧二　說不定是信得不夠，你不要覺得難受。我年歲大才這樣說，如果你能夠得到佛陀的慈悲，那心裡就會喜悅。我們必須充滿希望，如果我們想起佛陀兆載永劫的勞苦，那胸中就會經常滿溢感謝之念與哀憐眾生的愛。沒有「法悅」是沒能信佛的憑證。你不要覺得不高興，年輕的時候，誰都是這樣的。

僧一　大堂的鐘聲響了。

僧三　我要去大堂了。

唯圓　我照顧師父去。

（僧侶三人退場。唯圓沉默片刻，然後收拾茶具，起立，走出走廊，用拐杖撐住身體，茫然地望著下面的道路。商家的掌櫃與女僕從道路邊上出場）

掌櫃　今天來的人真多啊。

女僕　因為今天的天氣好吧。

掌櫃　灰塵很多呀！（皺眉）

女僕　頭髮都白了。

掌櫃　是嗎？（拿出毛巾擦頭）我趕了些路，出了一身汗。（擦額頭上的汗）

女僕　天氣稍微熱了一點。

掌櫃　香火、米袋，還有花，都備齊了嗎？

女僕　全備齊啦。

掌櫃　啊呀，大堂的鐘聲正響著呀。
女僕　我們來的正是時候。
掌櫃　快些去大堂吧。（從道路的盡頭退場）
親鸞　（出場。站在唯圓的身後）唯圓，唯圓。
唯圓　（回頭看親鸞，臉發紅）
親鸞　你在那裡幹什麼？
唯圓　看著街上的過路人發呆。
親鸞　今天天氣真好啊。
唯圓　說是秋天，但這天氣也真熱。
親鸞　這麼多來參拜的人啊。
唯圓　是啊，從這裡看，能看見各種各樣的人從下面走過。
（兩青年人出場。綁著很寬的腰帶，繫著圍裙，穿著白色的鞋襪。一輛木車的上面運載了一個青藤做成的箱子，而且上面刻著一個印。年輕人一個在前頭拉，一個在後面推）

青年一　你慢一點。
青年二　再慢的話，我們就要挨罵啦。
青年一　我都累死了。
青年二　再像昨晚那樣打瞌睡，非倒楣不可。
青年一　可我太睏了，實在是睏得沒法子。
青年二　天真熱。（用手擦汗）
青年一　你別叫我的草鞋這麼吃緊。
青年二　人真多啊。
青年一　大家都是來參拜的呀。
青年二　咱們去看看那些高掛著的招牌吧。
青年一　（感到誘惑，止步）不行，咱們晚了，又要挨罵，快點走吧。
親鸞　這世間萬象都能看到啊。以前，我一看見過路人就覺得孤單。
唯圓　我剛才也有這個感覺。
親鸞　在這裡休息一會吧。

唯圓　好吧。(拿來一張墊子)今天放晴,連比睿山都這麼清晰。

親鸞　(坐著)那座山上現在還有許多修行者嗎?

唯圓　您過去也是一直在山上的。

親鸞　九歲的時候第一次登山,一直到二十九歲遇見法然師父,大致上都住在山裡。

唯圓　您也會想起那時的事情吧。

親鸞　我忘不了那個時候。因為那時,我在年輕氣盛與憧憬之間只是一心煩悶,在森林裡思考問題,找經書讀。到了黃昏,我就眺望京都的街道,心裡覺得孤單。

唯圓　那您是在跟我同一歲數的時候住到山裡的,您住在山裡是怎樣的心情呢?

親鸞　像你這麼大的時候,有一種不安的感覺逐漸地逼緊我,那是很苦的時代。無論怎麼念經,心裡老覺得不對勁。我把孤單的感覺收藏在心底,好像我必須要孤單地生活下去一樣。

唯圓　山裡不是還有跟您一樣年輕的修行者嗎?

親鸞　有好幾百人。有敢於做苦行的勇敢的人,也有徹夜不眠埋頭研究的人,還有像仙人一樣保持清潔的人,山裡有各種各樣的人。可是我的心裡有一種孤單是不能跟他們說的。我有一種對人生的愛和悲的憧憬。如果說了，我擔心人家不理睬我，或者被別人歧視。我的這份孤單一直固守在我的胸中。這種孤單在我的心裡逐漸地成長，但我對孤單是什麼一點也不懂。我快下山的時候，覺得心裡孤單得像是即將破產一樣。

唯圓　師父。最近我也覺得孤單，有時還發呆。今天我一個人站在這兒看過路人時，還流下了眼淚。

親鸞　（看一下唯圓的臉）是嗎？（片刻）你也如此多愁善感啊。

唯圓　我的善感沒有一個明確的理由，但我覺得孤單，也覺得悲哀。有時想哭的時候，真想放聲大哭。大家和永蓮說我身體弱，我也這樣覺得。可讓我孤單和悲哀的事又不全是這些。我也搞不懂我的心。我這樣覺得孤單，行嗎？

親鸞　孤單是真實的，孤單的時候是沒有辦法不想孤單的。

唯圓　現在讓我別再孤單了。

親鸞　能嗎？說不定你會變得更孤單。現在你孤單得發呆，不久，你就會孤單得廢寢忘食。

唯圓　您不孤單嗎？

親鸞　我也孤單啊。我想我的一生都是孤單的，可我的孤單與你的不一樣。

唯圓　怎麼不一樣！

親鸞　（有些哀傷地看唯圓）你的孤單可以根據對象而得到安慰，但我的孤單靠什麼都不能得到安慰。我的孤單是作為人的命運的孤單。這是需要你積累了人生的經驗以後才能明白的事情。你的孤單逐漸成了型，而且正聚集到中心。等你忍受過現在的孤單以後，真正的孤單就會到來，就像我現在的孤單一樣。不過，說這些不能解決問題，這些還是要你自知而行。

唯圓　那我該怎麼辦呢？

親鸞　孤單的時候就想孤單。命運正在訓練你。無論什麼事情，都要一門心思堅持下去。不要扭曲，不要蒙混過關，不要欺騙自己，忠實地服從自己的心願。能掌握這些就行了。到底什麼是自己的真正心願，這並不是一件馬上就能明白的事情，因為我們自己會製造出許多迷惑，但是，人只要認真的話，就可以發現智慧，而且還可以磨練智慧。

唯圓　我不太懂您說的話。但我會認真的。

親鸞　噢，你有著直率樸素的良好素質，我很喜歡你。你要珍惜你的樸素，跟你的命運針鋒相對。智慧只能靠命運磨練，以你的歲數來說，你還很年輕，今後會成大器的。

唯圓　剛才被知應指責了。

親鸞　他說了什麼？

唯圓　說我的孤單是因為缺乏信仰，還說相信佛陀救度的人必須有「法悅」，法悅也是被救度的憑證。如果讓胸中充滿了踴躍歡喜之情，人就不會孤單了。他說，孤單是沒有被救度的憑證。

親鸞　噢。（思考）

（兩人沉默片刻。從大堂裡傳來念經的聲音，配合著鐘聲的點擊）

唯圓　師父，（紅著臉）戀愛是什麼？

親鸞　（認真地）它是很苦的事情，

唯圓　愛是罪惡的一種嗎？

親鸞　他糾纏在罪惡裡，世上沒有不造罪的戀愛。

唯圓　看來，談戀愛是不行的。

親鸞　就算是不行，誰也會在一生中談一次戀愛吧。這是人生旅途中的一個關卡。越過了這個關卡，嶄新的光景就會出現在眼前。重要的是如何越過這個關卡，越過的方法可以決定大部分人的生涯。

唯圓　會這麼重大嗎？

親鸞　這是獨一無二的，重要的生活材料。若是認真地碰撞這個關卡，人就會知道命運，就會知道愛。所有智慧也會在這個時候甦醒萌芽。靈魂可以看見深刻的本質。如果半開玩笑，或者用一顆浮躁的心與關卡碰撞的話，人就會變得盲目，變得沒有意義，變得無力去憧憬關卡那邊的明亮國度，而只能在關卡的這邊一點一點地耗費精力。

唯圓　那麼說，戀愛與信仰是一致的？

親鸞　戀愛是通往信仰的道路。人類最為純粹的願望一旦走不通，大家都會進入宗教的意識。在戀愛中的人是不可思議的，他們是純潔的，人生的悲哀可以化解，地上的命運可以觸摸，從此人們離信仰就會變得更近。

唯圓　那我可以戀愛啦？

親鸞　（微笑）你這個問法倒是挺有趣的。我不說好也不說壞。想談戀愛，你就談，但一定要認真、專心，而且要一條筋。

唯圓　您也談過戀愛嗎？

親鸞　噢（片刻）那是我在比睿山上努力修行的時候。我作為慈鎮和尚的代理人到宮內參拜，在天皇的面前吟誦和歌。當時的題目是戀愛。在眾多的和歌中，天皇最喜歡我的那一首。大家都誇獎我，我誠惶誠恐，趕緊退下。可這時，皇宮的人說我能吟誦那樣的歌，肯定是因為我在談戀愛，不談戀愛的人寫不出那樣的歌。有人問我，你談過戀愛嗎？

唯圓　您是怎麼回答的？

親鸞　我說我記不得了。可皇宮的人說，你撒謊也沒用，出家的人還談戀愛，真是不像話！我聽見皇宮其他的人都在噗哧噗哧地笑。

唯圓　你說的是真話嗎？

親鸞　我只想逗逗他們，嘲笑他們。但我傷了自己的威嚴，於是就退出了皇宮。我多害羞啊！在回比睿山的路上，我反復地思索，我真的不懂戀愛嗎？為什麼要對人撒謊呢？就因為出家不能談戀愛嗎？我覺得很彆扭。我恨自己生活中的偽善，而且我覺得山上的修行變成了一種既定模式，特別偽善，所以當時我就開始想要下山。天底下難道就沒有不說謊言的生活嗎？我想得很多，想個不停，就算是陷入了戀愛，難道就沒有被救度的方法嗎？

唯圓　萬惡之中沒有比偽善更惡的東西。您以前說過，偽善者比殺人犯離佛還要遠。

親鸞　是的。有的惡人被上百的惡業逼迫後才感覺到自己的罪惡，比起這種人，還有一些人做出小小的善事就不承認自己的惡，這樣的人是偽善者，他們會被遺漏在佛愛之外。佛知道了惡，才來幫助我們，因為佛是為了救度惡人而在的。

唯圓　聖道說，人不積善就無法救度，您的說法與此不一樣嗎？

親鸞　我不知道別人怎麼樣，但至少像我這樣的人靠那種方法是無法救度的。我到現在也不能忘記，有一天的夜裡，我到六角堂參拜，在回到山裡的路上碰見了一個女人。寒空中的月亮就像結了冰一樣，閃閃發光，她說希望我能帶她登比睿山。我知道比睿山是禁止女人攀登的，所以我沒有答應她。可她一下子揪住了我的衣袖，哭了。她說，我也要修行，我也要救度，請你帶我上山吧，讓我出家吧，她拼命地哀求我。無論她怎麼說，我都沒有聽。最後，她怨恨地問我，不救度女人，你覺得對嗎？我無言以對。在山上，女人罪惡深重，連三世諸佛都不再看了。我沒法子，只得讓她死了這份心。這時，女人的臉眼看著發青了，後來她捶胸頓足，開始詛咒佛。再後來，她一下子就逃走了。

唯圓　這是多麼可憐的事啊。

親鸞　那是我不能把她帶上山啊。狂風驟起，森林呼嘯，我在心底裡回答著女人的咒罵，拼命地跑回了山上。那天夜裡，我一整夜都沒有閉眼。因此從那以後，我的心裡老想著，不救度女人就是謊言。我每天夜裡都去六角堂向觀音祈願，直到夢裡哭著祈願。我想我死了都行，從那時起，我改變了許多看法。我的心討厭山上的生活，討厭到了極點。從六角堂回來的路上，我經常靠在三條橋的欄杆上，望著來往的行人。他們有的是做出嚴肅面孔的武士，有的是沒有太多成算的商人，還有的是帶著女兒的老人和一邊吹著口哨，一邊走入妓院區的年輕人。我看著這些人覺得特別親切。而且，心想他們都應該得到准許，世上的一切都應該按照原樣保持下去。我的心裡在默默呼叫，「照原樣，照原樣」，這樣「大家不就都能得救了嗎？」後來，我回到了山上，但我覺得那個地方已經不是我的家了。

唯圓　那時，您遇見了法然上人，對嗎？

親鸞　這真是觀音菩薩讓我們見面的啊。我在法然的面前，眼淚不停地流。

唯圓　（含淚）我能夠理解您的心。

（二人沉默片刻。僧一，僧三出場）

僧一　師父，您到哪裡去了！

親鸞　我和唯圓在這兒曬太陽聊天呢。

僧三　您覺得身體好一些了嗎？

親鸞　差不多全好了，謝謝。

僧一　太令人高興啦。您要多保重。

親鸞　你們也坐下吧。大堂那兒狀況怎麼樣？

（唯圓給二僧拿來坐墊，並沏茶）

僧三　擠滿了參拜的人。我們念完了經，現在是知應正在講演。

僧一　大家都被知應的話打動了。

僧三　那是具有權威性的，很有力的講話。

僧一　今天的講演尤其成功。

親鸞　他說的還是「法悅」這個題目吧。

僧三　您已經知道了！

親鸞　知應跟我說過，剛才我也聽唯圓說了。

僧一　他講到最高潮的時候，對大家說宗教的喜悅比什麼財富，什麼名譽，比地上任何的樂都要尊貴。

僧三　他說比戀愛還快樂。

唯圓　他說這裡沒有死亡的恐怖，沒有孤單，也沒有引導你墜入世俗的誘惑。

僧一　據說這就是「法悅」得以救度的憑證。

僧三　聽了他的話，身為出家人的我覺得我們處於一個非常美好的境遇之中。

唯圓　我聽了這樣的話覺得心裡不安。最近我老覺得孤單。哪怕就是悶頭念經的時候，我的心好像也跳不起來。上個月，我發了高燒，很可怕，甚至覺得自己會就這樣死去。要是現在死了的話，那就太可惜啦。我懷念令我憧憬的世俗，而不能像知應說的那樣，建立有力的憑證。如果「法悅」是救度的憑證的話，那我是不是就得不到救度了呢？但是，我相信，就算我是這個樣子，佛陀還是會來救度我的……

僧一　我覺得你的身體會虛弱下去。

僧三　還不趁著年輕建立信仰之心？

唯圓　師父，到底應該怎麼辦？請你告訴我。我真的很不安。我能得到救度嗎？

親鸞　可以的。你不必擔心。實際上，我和唯圓懷著同樣的心情活著。生病的時候，我會怕死，煩惱對我的侵襲從未間斷，有時我也孤單得不行。踴躍歡喜之情似乎一不留神就能得勝，我有時也能進入燃燒起來的「法悅」三昧，但這一高潮卻容易像燃盡的煙灰一樣四處飄散。我自始至終都是痛苦的。

僧一　（吃驚地看親鸞）您說的是您自己嗎？

親鸞　我老是自責，為什麼會變成這個樣子。我的業實在太深了，我到老了還這樣，年輕唯圓的苦更是可以理解的。可是，我從來不懷疑能得到救度。佛瞭解煩惱俱足的凡夫，即使對我這樣無法挽救的罪人，佛也會救度我。

僧三　那麼說，知應的想法是錯的？

親鸞　不，不是錯的。業的深淺因人而異，能夠繼承「法悅」的人是受惠的人，我祝福這樣的人。有的人因為煩惱少而痛苦，有的人因為煩惱厲害而痛苦。但是，只說「法悅」是救度的憑證就未免有些淺薄了。我對知應也想這麼說，你們好好聽著。但救度沒有任何憑證，想求這份憑證是我們的願望，是一種出於自己的力量。但救度是根據佛的願望而成就的，我們不要與自己過不去，只要去信就行了。世上的業深之人和業淺之人似乎呈現出完全不同的樣子，但是無論是誰都在得到救度。

唯圓　我真應該感謝，總覺得自己不值得。

僧一　我沒有意識到這一點。有沒有「法悅」，與心的變化是無關的，我們肯定能得到救度。

親鸞　如果不是這樣的話，那就不叫可以抵抗命運的救度。因為我們的內心都是被命運所支配的。

僧三　看來，我們留下了依靠自己力量的殘根，總想靠自己的功夫得到救度。把所有的一切都奉獻給佛實在不是一件容易的事情啊。

親鸞　我多想擁有一顆把什麼都拜託給對方的心啊。

唯圓　越聽越覺得這是很深的教誨。

親鸞　大家正在得到救度，只是沒有發覺罷了。

僧二　（出場）大家到哪裡去了？講話剛結束。（興奮狀）

親鸞　你辛苦了。在這兒休息一會兒吧。

僧二　拜託師父一件事，我剛才講完的時候，在講臺這邊的五六個同行跟出來，他們要我引見親鸞，說一定要見一面。

親鸞　有什麼特別要緊的事嗎？

僧二　他們從遙遠的地方來，為的是向您請教往生的大事。大家都非常的熱心。

親鸞　如果是往生的事，大家都已經聽過數次，那是很單純的事，我沒有更多的內容可以補充了。

僧二　我也是這樣跟他們說的，還勸他們改日再來。可大家從遠方來，哭著要見親鸞一面，我知道您現在生著病，不便打攪，但大家熱心非凡，所以還是問問您。

親鸞　那很容易。想見我，什麼時候都可以，但我不懂複雜的問題，你把這一點跟大家解釋一下，那就讓他們到這裡來吧。

僧二　謝謝。大家該有多高興啊。（退場）

僧一　真的好像是從遠方來的。

僧三　大家都是熱心的同行。

唯圓　為了見師父還得從那麼遠的地方趕來，相較之下，我真是幸運啊。
親鸞　（沉默，思考）
僧二　（為同行六人帶路，出場）
親鸞　（看見眾人的緊張的樣子）請到這邊來，不要客氣。

（唯圓擺好坐墊，眾人坐下）

親鸞　我是親鸞。（指著弟子）這些人一直跟在我的身邊，跟我同行。
同行一　您就是親鸞。（含淚望著親鸞）
同行二　我非常高興，我一直盼望能見到您，哪怕一生一次也好。
同行三　當我越過逢阪的關口，聽到這裡就是京都的時候，我流下了眼淚。
同行四　我很少有現在這樣的感受。
同行五　我完成了一個長久的願望，沒有比這個更久的願望了。
同行六　我剛才在大堂一直擔心會不會被您拒絕。

親鸞　（感動狀）我很高興你們到此地訪問，大家從哪裡來的？

同行一　我們是從常陸國來的。

同行四　我們是後越的人。

親鸞　你們也是從那麼遠的地方來的嗎？

同行二　走了很長的旅途。

親鸞　是啊。常陸和越後都是我印象很深的地方。

同行四　在我們那裡，大家都因為您的事而聚集在一起。

同行一　您留下的感化傳遍了我們那裡。

同行三　雖然我們沒有見過您，但大家是多麼敬慕您啊。

親鸞　令人懷念。這讓我想起徒步走過那裡時的情景。

同行五　現在和那時比，已經改變了許多。

親鸞　說起來，已經二十多年過去了。

同行六　雪沒有變，照樣到處積雪。

親鸞　我不能忘記越後山脈被白雪覆蓋的景色。

同行四　您還想故地重遊嗎？
親鸞　如果有緣分的話。不過，可能去不了第二次，我已經上年紀了。
同行一　您高壽？
親鸞　七十五歲。
同行二　剛才我們聽說，您身患重病？
親鸞　有點感冒，差不多全好了。
同行二　請多多保重身體
同行三　我們大家真不知道說什麼好。
親鸞　別這樣說。（片刻，指唯圓）這個人就是從常陸來的。
唯圓　我是在常陸大門村出生的。
同行一　聽到是同一個地方來的，覺得真親切。您待在京都很久了嗎？
唯圓　我離開故鄉已經十年了，而且我的父親還在那裡，我很想他。
親鸞　十五年前，我徒步修行，走過常陸的時候遇上大雪天，我麻煩了他一家人，在那裡住宿了一夜。這成了緣分，我們現在朝夕相處。

同行二　因緣真是不可思議啊。

僧一　此時此地相逢也是前世之緣。

僧二　跟大家能夠說這麼多暖心的話，沒有緣分也是辦不到的。

僧三　一次相逢，一次別離，我們就是想這樣也不一定能做到。人世的悲哀與喜悅是由深遠的宿命所決定的。

唯圓　我一想到緣分就想落淚。哪怕生來就是敵人，一旦想到緣分，或許就可以彼此諒解。難道我們不能握手言和，含著眼淚問對方：啊，這到底是什麼惡緣呀？

親鸞　就是誰也看不上誰的夫妻，如果有緣，他們一生也不會分離。進到墳墓的時候，什麼都能解決。而且，他們會很高興，因為他們相依為命。

唯圓　相愛有多好，諒解有多好。那時我們沒有恨過，我們多麼幸福。

僧三　人是和睦相處的。

（大家沉默）

同行一　（挪動雙膝）我們越過十幾個國境，從遠方來到京都，全心都是為了往生這一件事，請教您幫助我們今後的人生。

親鸞　如此強烈的求道是件好事。世上的人總是把信仰之心看得很輕，這令人不愉快。信仰之心是最重要的，是認真決定勝負的時刻，是地獄與極樂的岔道口。這是人最應該認真對待的事情。在你們那裡的寺院裡沒有聽過這樣的說法嗎？

同行二　我們每次都聽。

親鸞　你們都聽到了什麼？

同行三　只要我們堅持不懈地向阿彌陀祈願，幫助今後的人生，惡人也會被救度。

親鸞　的確是這樣的，這樣就對了。

同行四　聽到這裡，我們都明白。但再往下呢？我們想請教您。

親鸞　你們聽了這個又怎麼樣呢？

同行五　我們想去極樂。

親鸞　去極樂就像在你們那裡聽到的一樣，堅持念佛就可以做到。

同行六　但是，我還是心神不定。

親鸞　請放心，念佛就足夠了。

同行一　我想得到您的放心。

親鸞　我的放心就是念佛。

同行二　可這也太簡單了。

親鸞　簡單、單純就是我們的榮譽。不單純就不是真理，就不能觸動萬人的心。

同行三　說是這樣說，但您也在比睿山和奈良都做過學問研究，能不能對我們這些不學習的人透露一些學問呢？

同行四　我們是為了這個才從遠方趕來的。

同行五　我們要把您說的話帶回去當做禮物。

親鸞　（表情認真）哪裡哪裡，像那樣的學問只會阻礙通往極樂的道路，也不能幫助我們。信仰之心與學問是兩碼事，就算你弄通八萬法藏，極樂的門也是打不開的。唯有念佛才是明確堅定的業。如果你們覺得親鸞應該通曉難經，或者明察往生的詳情，而且因此從那麼老遠的地方趕來的話，我只能覺得你們可憐。因為我不懂什麼複雜的事情。如果想要追求那些東西的話，你們可以到南都北嶺去請教那些學者。

同行一　您雖然非常謙虛，但您的話吸引我們。

同行二　聽說您是北嶺頭號秀才，你是不是疏忽了什麼沒跟我們說。

親鸞　在南都北嶺積累的學問是不能得到解脫之道的，我扔掉了學問。後來，我得到了大師的指點，讓我專心念佛。所以除了信仰以外，我不懂其他的詳情。

同行三　這是真的嗎？

親鸞　我怎麼能說謊言呢？我的話並不是讓你們表面想想就算了，但凡真理都是單純的。在別人看來，作為救度的手續，念佛是很簡單的事情。只有那麼六個字。但是如果不從內心裡面進入的話，那將是無休止的深奧與複雜。你們恐怕花一生的時間也達不到吧。愛、命運與悲哀，這些內容需要你們一生才能體驗出來，它們只是通過了一個簡單的形式被包容到一起了。在人生的旅途中，我們每向前走一步，都會看到這六個字的深奧。（變為熱心狀）這也可以說是智慧的增長，與鑽研經書的教義是兩碼事。知識多了，不見得心就亮了。這麼年輕的大家要是向親鸞請教的話，只管念佛就行了，不用非聽經書的解釋。比這重要的是，大家要擁有念佛的心，享受念佛的心，去愛人，去諒解人。忍受悲痛，在修行中忍受痛苦，正視命運，到那時，你們那雙看著人生萬象的眼睛會因此濕潤。佛的慈悲就會浸透你的心。南無阿彌陀佛就會緩緩地嵌入你的心，這就是真的學問。

同行五　真不好意思。您的話說進了我們這些遲鈍人的心思。想要去極樂，只要一心念佛就行，只要念佛就行。

同行六　您的話像一把鋒利的刀切下來，我的心變明白了。

同行一　請讓我請教一個問題，就一個問題；念佛後可以往生淨土，這有什麼憑證嗎？

親鸞　信仰之心沒有憑證。如果追求憑證的話，那就是還沒有信。（語氣加強）如果徹底跟隨阿彌陀的本願，那就不是釋尊說教的謊言。如果不是釋尊說教的謊言，那就不是善導解釋的錯誤。如果善導的解釋沒有錯，那法然大人的勸說也就不是空談。（片刻）不，哪怕是法然大人欺騙了我，教我下地獄，那我也沒有任何怨言。如果沒有阿彌陀的本願，反正我也是下地獄的命，反正我是不可挽救的罪人。是啊，要是教我表白我的心，我可以說我什麼也不知道，念佛真是誕生於極樂的種子嗎？還是墜入地獄的原因？我反正是什麼都拜託出去啦。我的希望、生命，連我本人都交給了佛，任佛帶我去哪裡。

（大家暫時沉默）

同行一　我覺得害臊，我的心真淺薄。沒有憑證就不能信是多麼愚昧的想法。

同行二　我心裡的自力好像被光天化日暴露出來一樣。

同行三　我覺得我們壘起來了好多牆，拒絕了佛的慈悲。

同行四　還是沒能拜託出去啊。

同行五　內心的嬌滴，還有媚態好像一下子都被摧毀了一樣。

同行六　（含淚）現在想起來，真是堅定不移的對佛的宣誓啊。

親鸞　好像什麼都明白的說法也讓我彆扭。你們不要覺得事情是複雜的，就請用孩子天真的心去抱住佛吧，這話說得有點像在說教了。咱們隨便聊聊天吧。你們看過名勝了吧？

同行一　什麼還也沒看。

同行二　一到京都，我就趕到這裡來了。

親鸞　祈園、清永、智恩院及嵐山的楓葉都轉紅了吧？不然，讓人帶你們去吧。

同行一　謝謝。

唯圓　師父，傍晚天涼了，您到房間裡休息吧。

同行四　請您休息吧。

同行五　我們告辭了。

親鸞　別，你們今晚住在我的寺院裡吧。一會兒，到我房間裡來喝茶，我們慢慢聊。（對弟子）你們也一起來。唯圓，你帶路。

（親鸞先退場，然後大家起立）

唯圓　請大家到這邊來。

註釋：

1梨打烏。幕末維新時期的帽子樣式。在當時，頭戴佩有纏頭巾的梨打烏帽子、身穿直垂成為公家和大名們的正式著裝方式。

第三幕　靈魂的深處滿是孤獨

第一場

三條木屋町，松家的室內（臨鴨川河）

人物　善鸞（親鸞的兒子）。唯圓。淺香（藝妓）。楓（藝妓）。藝妓三人。女傭二人。幫工。

時間　秋天的傍晚。

藝妓三人靠在欄杆上聊天。

藝妓一　涼風吹過來，真舒服。

藝妓二　臉停不住地發燙。（手摸臉）

藝妓三　我們玩得太累了。

藝妓一　這四五天一直喝，一直唱，連停都沒停過。

藝妓二　我被善鸞一個勁兒地灌酒，把我灌醉了，只好逃了出來。

藝妓三　善鸞真亂來，讓人受不了。他的習慣可真不好。

藝妓一　他越喝臉越發青。

藝妓二　有的時候，他像個傻瓜地歡蹦亂跳，可有的時候又突然哭得一塌糊塗。真怪。我討厭那種喝醉會落淚大哭的人。

藝妓三　真的，有的時候我也覺得氣氛變差了。上次，我跟他喝酒，他莫名其妙地消沉起來，死盯著我的臉，一個勁說，你多可愛你多可愛，還想過來抱我，一點兒也不掩飾，但又並不真的好色。

藝妓一　你覺得他發瘋了吧，可有時他還相當正派。

藝妓二　起先我覺得他很差勁，但不知道為了什麼，有時又覺得他相當正派，我也不太會說。

藝妓三　不管怎麼說，他不是我喜歡的那種人。

藝妓一　你說這樣的話，淺香聽見會生氣的。

藝妓二　淺香對他可好啦，那麼文靜的淺香怎麼會喜歡上他呢？

藝妓三　只要愛上了，那是誰也管不了的事。上次在善鸞那裡你不是見到了一個年輕英俊的和尚嗎？你對他似乎有意思。

藝妓二　你盡愛亂開玩笑。（做打對方的樣子）那是楓。

（傳來歌聲、說話聲和人們的腳步聲）

藝妓一　在這邊。

（善鸞、淺香和楓，幫工以及女傭出場）

幫工　大家都躲到這裡來了？

善鸞　丟下我們跑到這裡，是不是想做什麼不可告人的好事呢？哈哈哈……

幫工　這些都該是悄悄話。

藝妓一　（對善鸞）跟著你才有好事呀。
藝妓二　我們是怕打攪你，才特地跑來這裡。
善鸞　真不好意思。
幫工　不好意思的和尚駒兒。
善鸞　和尚真是倒楣蛋。
幫工　我失禮了。（拿扇子打自己的腦袋）

（女傭退場，大家笑）

善鸞　不聲不響地跑了，這可要罰酒。喂，把酒拿來。
女傭　知道了。（欲動身）
淺香　別喝酒了，對身體都是毒。你們不是已經從昨夜一直喝到現在了嗎？
善鸞　別跟我說這種惜命的話，你這個貞節的女人，哈哈哈哈。來這兒看看河水的景色，再重新喝吧。剛才陰陽怪氣的話真讓我掃興。（對女傭）快拿酒來。

淺香　要是你停不下來也好，本來這酒也不是你喜歡到非喝不可的地步。

善鸞　我喝，我喝是為了燃盡我的身體，把身體點著了活下去。火熄了，我會孤獨得束手無策。

淺香　你要有分寸啊。

善鸞　孤獨沒有分寸，靈魂的深處滿是孤獨。

淺香　為了安慰你的孤獨，我們不是都在這裡嗎？

善鸞　是啊，我沒有你們不行，沒有你們，我不能活。但跟你們玩的時候，我越發覺得孤獨。淺香，你平日總是一副寂寞的面孔，今天能不能精神點？

淺香　這是我的性格，我沒法改變。

善鸞　今天大家盡情地鬧吧，把所有的事情都忘掉吧，哪怕是孤獨，哪怕是寂寞，那我們也覺得全是快樂的。人生的善與和諧都由我們主宰。（提高聲音）今天的世界已經和諧啦，人與人也已經美好地相互從屬啦。人心的惡根也已經被斬除啦。世上沒有一個不幸的人。大家都高興，大家都像孩子一樣地玩耍。啊，河水在流淌，在流逝，緩慢地，平穩地……（看河）

（女傭端來酒、菜，以及酒宴用的餐具）

善鸞　好，大家喝吧，喝吧。（遞給藝妓酒杯）

藝妓一　我不喝。

藝妓二　我很難受，難受死了。

善鸞　不，不管怎樣，你們必須喝。

幫工　你們真應該心存感謝才對。（為藝妓女傭們逐一倒酒）

善鸞　（手舉酒杯）你們看，這膨脹而豐滿的金黃色液體是如此地芳香？它的流動就像把歡樂的精神融化在裡頭了一樣。我好像看不到貧窮與缺陷的人世，在哪都看不見。（喝乾）這一杯給誰？（看周圍）楓，楓，給小楓。（把酒杯給楓）

楓　謝謝。（低頭接過酒杯）

（女傭為楓倒酒，楓用嘴唇沾了一下）

善鸞　楓，你唱個什麼歌，讓大家聽聽吧。
楓　我哪行啊？這裡不是有這麼多姐姐嗎？
善鸞　不行，非你不行。
幫工　對，對。
楓　真沒辦法。（用孩子般的嗓子唱歌）
（淺香拉三線琴）
胡枝子，桔梗，它們帶來了消息。
月亮，荒野，青草的露水，
把你聚集到松蟲夜鳴的時刻。
深空與雁聲。愛戀如此……
善鸞　行了，行了。（忍不住）那張小嘴。
淺香　（拿著三線琴）才唱一半，就打斷了嗎？
善鸞　你們看，這個小丫頭，她是在調情，叫別處的野男人也唱……（含淚）再來一杯。（把酒杯給楓）

楓　夠了。

幫工　（用女腔）我替你喝。（拿起面前的酒杯喝下）

淺香　您今天怎麼了？

善鸞　沒怎麼呀。

淺香　今天就到此結束吧。您的臉色也不好，我根本就提不起精神。

善鸞　你盡說些殺風景的話。（盯著淺香的臉，突然把手伸進淺香的頭髮裡）

淺香　（大驚）您這是幹什麼？

善鸞　……

楓　頭髮散了。

善鸞　我看著你滿頭油黑油黑的頭髮就恨。（對幫工）你學個雞叫。

幫工　明白了。（學雞叫）

（藝妓們笑）

善鸞　用膝蓋給她們走一個。

幫工　在這裡嗎？（用膝蓋走）

（藝妓們笑）

善鸞　打自己的腦袋給她們看。

幫工　這很簡單。（用扇子打自己的腦袋）

善鸞　（發狂）使勁打，使勁打。

（幫工連續打自己的腦袋）

善鸞　啊。（閉眼）

藝妓二　您安靜下來了。

淺香　（憐愛地看善鸞）善鸞，我知道你的苦，你在為要當寺院裡的和尚而苦惱。

（善鸞挪動了一下，沉思）

藝妓一　在想什麼？

藝妓二　您終於安靜下來了。

善鸞　（精神活力突然來了）我正考慮買你。

藝妓二　（笑）這可要感謝您。買了我又怎麼樣呢？

善鸞　這誰還不知道！帶你回去當我的老婆。來來，到這裡來。（起身，抓起藝妓二的手）

藝妓二　別開玩笑了。

善鸞　來來，到這邊來。（使勁拽）

藝妓二　（晃晃悠悠）您又惡作劇。（甩開後，欲坐下）

善鸞　你可真可愛。（從後面抱藝妓二）

藝妓二　您放開我，放開我。（掙扎狀）做這種事，有什麼用。

善鸞　（笑）你真是一個沒有色相的人。

（大家吃驚地看著，女傭出場）

女傭　唯圓來了。

善鸞　（鬆開藝妓二，動搖片刻）讓他到這邊來。（坐下）

（大家沉默，唯圓出場，穿著深色衣服）

唯圓　不好意思。（對眼前的光景疑惑片刻）

善鸞　你可來了，我正在等你，到這邊來，對誰都不用客氣。讓你看到了這個糟糕的場面，哈哈哈哈。

女傭　請從這邊過來。

唯圓　（從座位前走過，坐到善鸞的前面）前兩天失禮了。

善鸞　今天叫你特地過來，是我失禮了。你不覺得麻煩吧？

唯圓　不會的。聽說是您叫我，我很高興。有什麼事情嗎？

善鸞　沒有什麼事，我只是覺得孤單，想找你說說話。

唯圓　我也正想找您。

女傭　（拿出新的杯子放在唯圓的面前）請用吧。

唯圓　（有些彆扭）我不喝。

女傭　就喝一杯。

善鸞　不用，你不用勸他喝。（看著不安的唯圓）我們有話說，你們先迴避一下。

女傭　明白了，大家走吧。

（眾人留下二人退場）

善鸞　把你叫到這種地方，真不好意思。我有些喝醉了。

唯圓　沒事兒，我很高興到這兒來。

善鸞　我很孤單，沒有誰能理解我的心，別看我這麼喝酒，但心底是透涼的。我很苦啊。自從那時遇見你，我就覺得親切和溫暖，我覺得你能瞭解我的心事，接受

唯圓　我的所想所思。和你坐在一起，就想讓你聽我說許多事。上次跟您告別以後，我就一直在想您的事，一直想見您。您這次叫了我，我有多高興啊。

善鸞　我過去也曾有一次這樣想念一個人。時間長了，長到我的心都慌了。（片刻）我喜歡跟你說話。

唯圓　我很高興。像您這樣的人，為什麼會被別人說壞話，我實在不能理解。前兩天，在寺院裡，大家都說您的壞話，我好生氣，我對他們說那個人是善人，不像你們說的那樣。

善鸞　人家是怎麼說我壞的？

唯圓　說您放蕩，說您是不信淨土救度的墮落之人，還說您對父親大人不孝。

善鸞　這麼說也是有道理的，就是這麼一回事。我的靈魂是墮落的，氣質也很粗躁，就跟大家批評的一樣。

唯圓　像您這樣照顧人的人怎麼能……

善鸞　不，（躲避）一到你的面前，我的善良氣質就會覺醒過來。可是面對別人就變成了粗躁的氣質。

唯圓　我相信都是大家不好，您是一個善良的人。

善鸞　（含淚）從來沒有這麼對我說的人。我無法掌握自己的氣質。這跟我從小的境遇，和心靈所遭受的創傷都有關係，你知道，父親很早就跟我斷絕關係了。

唯圓　……

善鸞　我給父親添過許許多多的麻煩，他到現在還恨我。

唯圓　不是這樣的，師父在暗地裡多為你擔心啊。

善鸞　他過得如何？

唯圓　早晚都在念佛。前不久著涼了，休養了一段時間，基本上現在都好了，但他畢竟已經上了年紀。

善鸞　是啊。我長期待在稻田，很少到京都來，見不著面，也不知道他的情況。我是一個不孝子，但從來沒有忘記父親。請他多保重。

唯圓　我從來都不離開他的身邊，照顧他的生活。

善鸞　父親喜歡你嗎？

唯圓　是的，我覺得很不好意思。那麼多的弟子，他最喜歡我。

善鸞　看來，沒有不喜歡你的人。那個楓說她喜歡你。（微笑）

唯圓　（紅臉）您說什麼笑話啊。

善鸞　你對女人是怎麼樣的感覺？我覺得哀憐，所以非愛她們不行。尤其是在這個地方的女人，能觸摸到她們讓我覺得是真正地跟人接觸。世上的人裝扮了許多形式並維持表面的禮儀，但根本不向我們展示真正的心。因為他們用這樣的東西當武器，保衛著自己。我不想那樣做，而是想與真人接觸，不遮掩自己的醜陋與弱點，與人交往。在這樣的地方，人與人之間相互理解著害羞與恥辱的事情，這或許就是溫暖的人的交往。我對於女人那種給予的心非常入迷，而且覺得她們比秋天的露水還令人憐惜。

唯圓　雖然我覺得我的內心深處追求的是女人。但是我並不理解女人。連怎樣跟她們接觸也不知道，連應該怎麼辦也不懂。

善鸞　（有趣地看著唯圓）你可真純潔啊。我自己是髒透了，但我尊敬純潔的人。你連眼神跟我都不一樣。不過，你要是不經過女人的苦，看來也是無法度過人生的。像我這樣的人自有記憶起，腦子裡就從來沒有離開過女人，可我不會誘惑你，哈哈哈哈。

唯圓　（認真地）上次，我跟師父也談了這類話題。

善鸞　父親怎麼說？

唯圓　他說談戀愛是可以的，但要一門心思。

善鸞　哦。

唯圓　我一直想問您，您為什麼會被斷絕關係呢？

善鸞　（臉灰暗）我談了不該談的戀愛。不對，是該還是不該，我不知道。我愛上了有夫之婦。

唯圓　啊？

善鸞　那個女人在結婚以前就愛上了我。儘管世人從我的手裡奪走了她，但從我的心裡是奪不走愛的。後來發生的事情也是這一矛盾的必然結果。女人的丈夫是我親戚，讓這悲劇更加複雜了。我變成了破壞規矩的惡人。（開罵）我不知道是戀愛破壞了規矩，還是規矩破壞了戀愛。

唯圓　女方怎麼樣了！

善鸞　離開我以後就病了，而且眾人不准許我們見面。後來她死了。我一直到她死的時候也沒有見到她。

唯圓　女方的丈夫怎麼樣了？

善鸞　又哭又怒，一直到現在都還詛咒著我們兩人的名字。我一想起那個人的事就受不了。我愛那個人。她是老實善良的人。最惡的不是別人而是我自己。可我僅僅是惡嗎？我想回歸到不盡情理的人生。如果天下有佛創造的世界的話，我想把罪還給佛。

唯圓　哦，善鸞，這事真可怕。我同情您、為您哭泣，但請您不要說最後那兩句話。

善鸞　我什麼都不懂。我連對建立世界的基礎都抱懷疑態度。這是一個多麼怪的世界，多麼不盡情理的人生。我在這件事以後，心裡就失去了祝福，看事情的方法也發生了扭曲。我不再相信。在悲痛、憤怒與煩惱之間，唯有女人像紅色的花朵一樣映現在我的眼裡。我緊緊地抓住女人的身子，從而記住了排除苦惱的途徑。人們說我是放蕩者，我就是個放蕩者。

唯圓　我不知道跟您說什麼。我為您不幸的命運而悲痛。您一定有一種受不了的感覺。但是佛對犯罪的人，哪怕就是你帶著罪也會被佛大赦的。師父常說，人必定是要犯罪的，而佛正是為了這個才成就人們的救度。

善鸞　我祝福你有一顆易信而純潔的心，但是我不會輕易相信。我的心也許只是一塊皮肉，也可能是看了太多的虛偽，覺得救度未免太方便的緣故。這就像只顧自己的惡人用狡猾的心製造安心一樣。在你的面前，我覺得這些想法教我害羞。雖然淨土宗的信仰之心很像對惡人的救度，實際上如果不是純潔而善良的人，這一救度是難以置信的。我也不會被這種救度征服，我是不信這個救度的，因為這是對我的罪與放蕩的懲罰。你和父親都是純清的人，你們雖然也覺得自己是罪惡深重的人，但是一旦靈魂遭受太多汙染，你們就會變得認真地對待每一件事。我反正被污染得很重，是你們不能想像的。比如，（難受的樣子）不，這些事是不能在你的面前開口的。實際上，我做了卑鄙而違背自然的事情，我的身體不是靠懲罰就能得到大赦的，那樣未免也太理所當然了。我是卑鄙的，但我不會一邊犯下如此深重的罪惡，一邊沒完沒了地期待救度。這就算我的良心，我的自豪。我想讓別人說，你受苦吧，經過各式各樣的苦行，你才能被救度啊。無論什麼苦難，我都會忍受。如果連這一點，我都忍受不了的話，我寧可受罰，這是我真實的願望。

唯圓　聽了您的話，我覺得悲傷。您身受我們所不知道的深刻痛苦。您的語言裡激揚著可貴的良心波浪。我好像是正在聆聽一次尊嚴的教誨。

善鸞　哪裡哪裡，我只是一個站在你面前的惡魔。我肩負著毀滅的命運，請你可憐一個無法樹立信仰之心的人，可憐一個被詛咒的靈魂。

唯圓　我相信您是佛的孩子。我站在您面前，沒有一丁點惡魔的印象。善鸞，請您聽我說，我雖然沒有說教您的智慧，可我覺得您正在侮辱您自己的靈魂。您的思慮是扭曲的，是對事物的反抗。對您能想到這一步，我願獻出我無限的同情，可是，您的想法沒有步人正軌。師父經常對我說，人在受苦的時候，在自己看不到罪的時侯，總會感到不合理，乃至於心生怨氣，這個時候最容易把怨氣轉向佛陀。您要把持住這個地方，不要勉強，但要持續忍耐下去，不要見勢就詛咒，這是從忍耐轉生為信仰之心的時刻。哪怕進了墓地，您也未必什麼都明白。但當我們知道了佛的深厚的愛就潛藏於不合理之中的時候，我們會對怨恨佛而感到害羞，人的智慧與佛的智慧是不一樣的，難道不是這樣嗎？

善鸞　你的話單刀直入！哪怕有些幼稚，但仍閃閃發光。我好像被鞭打了一樣，有些事，我非想不可啊。

唯圓　扼殺靈魂的願望是最深的罪惡。

善鸞　我想恢復我那純潔而真摯的心。

（兩人沉默，思考）

唯圓　您不想見您的父親嗎？

善鸞　想見也見不到。

唯圓　讓我跟師父說說吧。

善鸞　謝謝。不過，這件事你還是別管吧，他是不會見我的。

唯圓　可師父打從心裡是想見你的。父子雙方都是想見的，但嘴上說著不想見，那是

善鸞　謊言。到底有什麼力量能夠妨礙你們見面呢？我真想摧毀這股力量。這個力量跟摧毀我的戀愛是同一個力量。這個力量無比巨大。我詛咒這個力量，但沒有摧毀它的力量。

唯圓　這是社會意志，是世上那些頑固人們的意志。這個力量也支配著我的寺院。上次，我也碰到了這股力量。唉，世上的人為什麼不懂人的情呢？為什麼察覺不到自己的鐵石心腸是會讓別人受苦的呢？我真覺得可悲。

善鸞　我見了父親也不會對他比較好。就算父親答應見我，可世俗的道理還是會使人受苦。我小的時候就碰見過這個冰冷的力量。其實，我不是父親妻子的孩子。

唯圓　（吃驚）這還是我頭一次聽說。

善鸞　我的母親是稻田武士的女兒，父親在越後時，他的妻子去世了。父親到各地巡禮後來到稻田，住在我的姥爺家裡，一住就是十五年，這期間，我的母親與父親熱戀，我就是這樣生出來的。我經過了一段黑暗的歲月才終於公開地叫了自己的父母。我一點也不責怪父親，但其中包含了人生的愛和命運的悲哀。

唯圓　後來，您的母親呢？

善鸞　父親回到了京都，母親留在了稻田，後來死了。

唯圓　世事太讓人悲哀啊。

善鸞　在我看來，這世界就像一座悲哀的深谷。

唯圓　我該回去了。（站起身，走到入口處回頭用力地說）如果您的父親說見您的話，您怎麼辦呢？

善鸞　（略思後，堅定地）那我願意見他。

唯圓　再見。

善鸞　（目送）再見

（唯圓退場。善鸞站在原地不動。稍候，在屋內獨步，然後背靠著柱子思索。淺香拿著提燈入場。站在入口處看著善鸞。善鸞一直沒有發覺淺香的到來）

淺香　善鸞。

善鸞　（看淺香）淺香，你怎麼想？在這兒有父親和兒子，父親沐浴上天的恩惠，是民間敬仰的聖者。兒子酒肉池林，被世俗認作是放蕩兒。世俗的道理使這一對父子相互隔離。

淺香　這真教人意外……（注意聽）

善鸞　而且，他們渴望能見到彼此的啊。可是一旦父子相見，父親周圍的美麗與和平就會受到損害，人們也會皺起猜疑與厭惡的眉頭，所有的指責與非難都會集中到父親一個人的身上，到那時，兒子該怎麼辦呢？是見父親好呢？還是不見好呢？

淺香　（聲音顫抖）不見好。

善鸞　可如果父親說，迷路的孩子啊，你回來吧。那該怎麼辦呢？

淺香　（痛苦的樣子）不見好。

善鸞　啊啊。（踉蹌了一下，身子靠到柱子上）

淺香　善鸞，善鸞。（急忙抱住善鸞）

善鸞　我弄不明白，我陷入了想念，我不能自拔，救救我吧。

淺香　祝願父子不要見面吧。請為父親大人的安寧與幸福而祝願吧。如果您向我這樣一個軟弱的人求救的話，我就必須故做堅強。您早在決定一生命運的危險時刻，不是就已經站在跟現在一樣的分歧點上了嗎？您跟我說，在必須為您跟戀人和親朋好友一生安寧而守護的時候，您選擇了軟弱。您傷害了他人。您好幾次後悔得幾乎忍受不了，當時還流了眼淚。可今天您頭一次在白天對我講了您的哀傷故事。您在我膝蓋上哭著，而且眼淚還沒有乾，那時您誇我為可憐的父母做出了犧牲。您教我為了他人的幸福應該忍受痛苦。

善鸞　你這是照原樣重複我的話。

淺香　（哭著）我的這些恨話，是為您抽鞭子。

善鸞　你是我良心的化身。

淺香　可愛的善鸞啊。

善鸞　是啊，我必須要堅強起來。可愛的人。（猛烈地擁抱淺香，在舞臺上轉）

第二場

親鸞聖人的居室

乾淨的八貼榻榻米。角落有一尊佛像。地板上擺著寫有起請文[1]的卷軸，座床的旁邊有一本打開的書，其他角落還有燈盞。庭園裡的秋草茂盛。

人物　親鸞。唯圓。僧侶二人。小僧一人。

時間　同日的黃昏。

親鸞坐著與僧侶二人說話。

僧一　這樣看來，您還是不見。

親鸞　是。（點頭）

僧二　我好不容易覺得這人挺合適的。

僧一　在同行的眾人裡面議論這個也沒有意思。

僧二　世俗還不知道要說什麼謠言呢。而且，我們也不能教年輕的弟子們困惑啊。

僧一　年輕弟子裡面已經出現了行為不軌的苗頭。有人看見他們從木屋町的一間茶屋出來。

僧二　世俗把這些看成淨土真宗的教喻，而且說淨土真宗不討厭淫穢。

僧一　別的宗派的人嫉妒我們的發展，正在找藉口攻擊我們。

僧二　反正現在是我們必須警惕的時候。（稍候）聽人傳說，唯圓經常去跟善鸞見面。

親鸞　是嗎？可唯圓對我什麼也沒說。

僧一　我就覺得他最近的行動有點怪。前些天，他還使勁為善鸞辯解。

親鸞　讓我來提醒他。

僧二　最近聽說善鸞幾乎每天都去木屋町的茶屋遊玩。

親鸞　這孩子真教人為難。老讓你們擔心，對不起。

僧一　哪裡哪裡，我們只是祝願您德高望重的名聲千萬別被人損害了。

僧二　像您這麼純清的大人為什麼會有那樣的孩子呢？

僧一　至少到了京都應該收斂一點才對呀。

親鸞　我一直祝願他可別給人添麻煩。（捶頭咬牙，沉默片刻）

僧一　已經到晚上念經的時候了，今天說了這麼多刺耳的話，請您多多包涵。
親鸞　哪兒的話。
僧二　您別太擔心，搞壞了身體可不行。
親鸞　謝謝。
僧一　一會兒見。
僧二　請多保重。

（僧一、僧二退場。親鸞閉目沉思）

小僧　（出場）天黑了，點火吧。（點燈）
親鸞　唯圓呢？
小僧　他說下午有事就出去了。大概回來了吧。他說晚上念經的時候就會回來。
親鸞　是嗎？
小僧　今晚的心情怎麼樣？

親鸞　托你的福，感覺很好。你今天替我掃了院子，辛苦辛苦。

小僧　一不用心收拾，雜草一下子就長出來了。

親鸞　你累壞了吧，今晚早點睡覺。

小僧　好吧。有事，您就叫我。（退場）

唯圓　（出場）我回來了。（合掌）

親鸞　啊，你回來了。

唯圓　我回來晚了。

親鸞　你去哪兒了？

唯圓　我去了木屋町。

親鸞　是啊？

唯圓　我是抽空去的，對不起。您吃晚飯了嗎？

親鸞　剛吃完。本來想等你回來，可我先吃了。

唯圓　我還沒有為您準備。

親鸞　不用。（片刻）你還沒吃吧。

唯圓　我今晚不想吃。

親鸞　身體不舒服嗎？抬起頭來。（看唯圓的臉）

唯圓　沒關係，我趕得太急了。等一會再吃。

親鸞　是嗎？你要多注意啊。你的身體本來就不好。

唯圓　謝謝。今天晚上的身體怎麼樣？

親鸞　差不多都好了。如果不是你攔住我，我都想收拾起床鋪了呢。

唯圓　這真教人高興。可您還是要當心寶貴的身體呀。（片刻）您不冷嗎？夜裡是要降溫的。

親鸞　天冷了讓我的頭腦清醒，很舒服。

唯圓　已經是深秋了，今天早上我到庭園剪佛花，看見上面覆蓋了一層霜。枯萎的花也愈來愈多了。

親鸞　樹上的葉子也快要落了。

唯圓　寺廟後面的那棵銀杏樹也開始落葉了，落得很多，怎麼掃也掃不盡，沒完沒了，掃院子的人這下子有事做了。

親鸞　四季的變更真快！上了歲數，越發覺得快，世間真是無常迅速啊。年輕的時候知道無常的感覺，但不到老年是無法瞭解時光迅速流逝的感覺的啊。我覺得寂寞啊。

唯圓　世事並不像我們年輕的時候所想的那樣。

親鸞　「年輕」充滿了錯誤，但它使我們逐漸心明眼亮，看清人生的真實的姿態。年輕時，除了用年輕的心用力地活，別無他途！青年啊，揮灑你的青春迎向命運吧！因為，沒有放膽揮灑青春的人，是無法擁有餘韻深遠的晚年的啊！

唯圓　在我看來，人生充滿了快樂與悲哀，似乎像帷幕另一邊的家鄉。

親鸞　或許是這樣的吧。

唯圓　蟲子在叫。（側耳傾聽）

親鸞　好像從天而降。

唯圓　我聽到這個聲音就老是想起家鄉。我家的後院有一片草叢，秋天一到，蟲鳴四起。我那已經去世的母親老是背著我從後門到田裡聽那些蟋蟀發出催促織棉的叫聲。貧窮的人聽到了這個聲音就會跟別人說，你該準備冬天的衣服啦。那時，我覺得孤單，似乎寒冷已經迫近，而且我的心變得很細。從那以後，一聽到蟋蟀叫，我就想起母親。

親鸞　阿兼去世多少年了？

唯圓　今年冬天已經是第七年了。

親鸞　真是可惜啊。那麼好的母親，那麼善良。

唯圓　母親是多麼愛我啊。每次想起小的時候，我就感到母親的愛。

親鸞　左衛門有來信嗎？

唯圓　有，他挺好的。母親去世以後，他感到人生的無常，但絕不能孤寂，他一直說那件墨染的衣服令人懷念。在母親去世的第七年，他決心出家，把家改成了寺院。他還說要把您給的那個沒有手的佛像當做正尊。

親鸞　他終於下定決心出家了。

唯圓　這是他很久的願望。他把寺院命名為枕石寺。這也是因為那個下大雪的夜晚，您在我家門口躺在石頭上過夜的緣分。他希望您能為他起個法號。

親鸞　他也受了許多苦啊。

唯圓　我很想父親，但好久沒有見面了。

親鸞　自從那個積雪的早晨以來，我一直沒有再見過他，那天晚上的事，我是一輩子也忘不了的。

唯圓　那天夜裡下了很大的雪。我的童心記得可清楚了。

親鸞　那時你還是一個幼稚的童子。你母親說過你的身體很弱。

唯圓　那時您站在我家門口，把我抱在您的衣服裡，直到現在我都還記得非常清楚。

親鸞　也不知道是否能重逢，我們就離開了。

唯圓　我做夢也沒想到我們今後會結為師父和徒弟。

親鸞　緣分很深啊。

唯圓　（沉默片刻，若有所思）師父，您很愛護我嗎？

親鸞　別問這麼奇妙的問題，你覺得呢？

唯圓　您是愛護我的。（熱淚盈眶）但我覺得我不值得受您這麼的愛護。我一生也不會忘記你的恩德，我為您做什麼事都行，我連死都不怕。（哭出聲）

親鸞　（把手搭在唯圓的肩上）怎麼了？唯圓，您幹嗎這麼傷感？

唯圓　我倚仗著您的愛護，請您寬容了善鸞吧。請您跟善鸞見一面吧。

親鸞　……

唯圓　我真受不了。善鸞是個善良的人，一個不幸的人。有誰能憎恨您呢？大家都不好。世俗是不盡情理的，是大家把他說成那個樣子的。他是愛您的，請您跟他見一面吧，原諒他吧。我可以馬上把他帶來，那樣你們該有多高興啊。

親鸞　（抑制著痛苦）你跟善鸞見過面了？

唯圓　我見過他了。今天善鸞找我，我背著您去見他了。我撒謊了，說有事去木屋町是假的。善鸞在木屋町，我撒謊了。

親鸞　善鸞怎麼樣？

唯圓　（乾脆地）我去的時候，他正在跟藝妓和幫工喝酒。

親鸞　他把你叫到席位上了？把你這麼純潔、這麼幼稚的人。放縱的人做事真是不知節制啊。

唯圓　可善鸞說了，他說讓我看到那樣的場面很對不起。而且在女僕勸我喝酒的時候，他叫她別勸。他說自己是骯髒的，但對純潔的人是尊敬的。善鸞總是在暴露自己的時候找我，沒有任何遮掩。他不是為了給誰看，也不偽裝自己。

親鸞　善鸞為什麼偏找你呢？

唯圓　他很寂寞，想跟我說話。連我這樣的人，他都叫來說話，您可想而知他有多麼寂寞。他在美酒菜肴，三線琴的狼藉之中孤身坐著，他是不幸的。我從來沒有見過一個人會那麼寂寞。

親鸞　人生的寂寞可不是靠美酒與女人就能得到安慰的。許多軟弱的人在寂寞的時候就會找酒和女人，而且越變越寂寞。靈魂荒廢了，陷入不自然的、險惡的、惡劣的心理。這不是不行，但不是光明大道。他們在某些地方隱藏了自欺與回避。堅強的人會擁抱這樣的寂寞而活著，如果寂寞就是人類的命運的話，那我們就必須接受這個寂寞。而且還要把這個寂寞當做建立生活的內容。宗教的生活就是這樣的生活。它處於沉迷與信仰之心的岔道口上，是直走，還是繞道，這是不一樣的。

唯圓　善鸞對自己的生活並沒有自信，這使他更加不幸，像他那樣的心情也只能活成這個樣子。聽了善鸞苦惱的話，我好像被什麼東西壓倒了一樣。真不知道用什麼話安慰他才好。對他的同情打動了我，我沒有一點責備善鸞的想法，我只是在我的眼前，看見了一個深深苦惱，而且非常痛苦的人。到底是誰這樣傷害了他，這個責任應該由誰負？這個理不順的疑問總是先打擾我。在回來的路上，我也繼續想著，覺得頭暈。無論什麼問題，我都無法用自己的腦瓜子想出來。在所有這些混亂想法之中，我只想明白一件事，歸納好了以後，我這才回來的，那就是希望對善鸞寬容。

親鸞　我也覺得他是一個可憐的人，他也可以為自己做出各種各樣的辯解。但他的確損害了他人的命運。一個可憐女人死了，一個善良青年的心一生都破碎了。好幾個家庭之間的和平也喪失了，這都是因為他的軟弱，他現在受到了報應。

唯圓　可他並不是什麼都壞。我覺得應該把弄傷他一生命運的責任歸結於社會人為的意志。讓相愛的男女在一起，這是上天的法則。

親鸞　可社會也得到了報應。世俗的不和諧誕生於人與人之間的相互傷害。在很久遠以前，「業」就在傷害與被傷害的糾纏中積累起來了，而且錯綜複雜。一切事物都糾纏在一起了，但我們卻在每一個打結的地方獲得了生命，所以人自呱呱落地就背負了這般糾葛的噩運。在這之上，我們的罪惡與過失應得到報應，而且這個報應一直到子孫後代都無法消失。

唯圓　我們的存在本身就是險惡的。

親鸞　如果沒有佛在的話，我或許比誰都早，比誰都激烈地詛咒我們的存在。世俗雖然有惡，但正因為我們擁有佛的恩寵，就越發覺得惡的深重。世界的和諧變得更為複雜，變得更為微妙。南無阿彌陀佛能夠解開所有業的糾葛。

唯圓　善鸞說他不會相信南無阿彌陀佛。

親鸞　為什麼？

唯圓　聽了他的理由，我很感動。善鸞強烈地責備了自己，說他不配信佛。他不會那麼不知羞恥地一邊犯罪一邊得到救度。「不管怎樣，這是我的良心，我的自豪」他這麼說的時候，眼睛裡閃著淚花。他說，像父親那樣清潔高尚的人是符合念佛的，而像我這樣骯髒的人反倒不如當苦行僧更合適。我會受更多的罰，我是毀滅之子。我覺得善鸞是一個可憐的人。

親鸞　他要是再變得好一點的話，那……人也會反抗自己，說自己想受罰其實就是在撒嬌。他悔恨地獄之火的恐怖，哪怕就是燒了一個手指頭，他所承受的肉體痛苦都是難忍的。（片刻）他還沒有把應該丟掉的東西丟掉。

唯圓　善鸞如果現在死了，那他的靈魂會去什麼地方呢？

親鸞　（為了忍受痛苦，臉變得緊張）下地獄。

唯圓　啊。師父，請您見一下善鸞吧，請您幫助他吧，他是您可憐的孩子。

親鸞　……

唯圓　您太嚴厲了。您對他太殘酷了。如果善鸞不是您的孩子，恐怕您早就寬容他了。過去了然比他犯的罪還多，但您卻寬容了他。唯信今春犯了錯，弟子們都要求他破門，可您一個人袒護他。您為什麼只對善鸞這麼嚴格？我不理解。您常對我說，我們要是骨肉之親、是夫妻關係，那愛就不是純愛。愛人應該像愛鄰人一樣地愛，您這麼說不是也把善鸞也算成鄰人了嗎？寬容這位鄰人是一件多麼美好的事情？我到現在一次也沒有違背過師父，但在這件事情上，我必須違背，這是我一生的願望。請您把他當做鄰人去見他吧。

親鸞　（含淚）我明白你的心，我很高興。（略想）善鸞說他想見我嗎？

唯圓　最初，他說見父親對父親不好，可到了告別的時候，我問他如果父親說見你的話，你怎麼回答？他說很高興見他。

親鸞　他肯定在怨我。

唯圓　不是的，他一直說對不住您，而且也為您的事擔心。這次到京都也是因為惦念您。他叫我也是為了瞭解您身邊的事情。

親鸞　其實，我也一直惦記著這孩子，尤其是當我想起他母親的時候，心裡真受不了。這個孩子的不幸也是我的罪過所致。

唯圓　今天我從善鸞那裡也聽說了這件事。

親鸞　善鸞說了什麼？

唯圓　什麼事都是人生的悲哀和命運，他說他不會責備父親。

親鸞　哦（考慮）還是我的罪過、我的過失啊。如果他能原諒這些事的話，還有朝姬……孩子他媽的名字……我都是像鄰人一樣對待的，但現在看來這是錯的。我太軟弱了。老實的朝姬總是一門心思，我被她的熱情所束縛。在北國長途的巡禮中，我的心寂寞得像荒野一樣。而且，我沒能忠實地保衛早逝的玉日的記憶，我沒能獨身生活。想起這些，我就忍不住要責備自己。我苦啊。

唯圓　……

親鸞　朝姬是一個善良溫和的女子，她外表給人的感覺是弱小的，但她充滿了強烈的激情。我要回京都的時候，她哭了好久。

唯圓　聽說她也去世了。

親鸞　啊！（片刻）真不知道有多少我愛的人都去世了。慈悲深廣的法然師父和真摯的玉日，還有不辭辛苦的阿兼……

唯圓　她的孝敬是長子的典範。

親鸞　（閉眼）現在，他們都變成了美麗的佛，而且哀憐著我們，保護著我們。在活著的過程中，他們會寬容我們的過失

唯圓　孤單地送走了失去的人，我們會留下一顆心，留在世俗的我們必須處理好彼此的關係，從這一點說，也要請您早一天寬容善鸞吧。

親鸞　我正在寬容他。只有佛才能制裁這個孩子。

唯圓　那就請您見見他吧。

親鸞　……

唯圓　師父，您是真心想見他吧？

親鸞　想見。（提高嗓音）我承認這孩子純粹的性格，哪怕是放蕩，我也愛他。我沒有一天不想他，我想看見他的面孔，渴望聽見他的聲音。

唯圓　請您見他吧。父子雙方都是想見面的啊，為什麼見面會這麼難呢？事實上，這不是一件再單純不過的事情嗎？

親鸞　的確是單純的事，如果是在凡事順理成章的淨土的話，馬上就能辦到。可是，不自由的世界連這麼單純的事情都辦不到，這就是世俗的世界。（提高嗓音）許多人的安寧都集中在這樣一個單純的事情上，無數的力量匯集在一起，把我阻攔了，我現在還深切地感到這個力量的壓迫，我沒有抗爭的力量。（身子呈掙扎狀）我不能見他。

唯圓　您別這樣，請您見他吧，請您見他吧。您太過糾纏於道理了，您別把他看做您的兒子，您就當他是鄰人，一個陌生人。

親鸞　（痛苦地）啊，要是我能如此的話！我相信我應該這麼想。我教過你這樣想。

你剛才說我對孩子嚴厲，對別人溫柔。那是因為我只愛我的孩子，而不能愛他人的緣故。我愛善鸞，所以只要內心稍有動搖，我就會馬上抱起善鸞去責備別人，這就像充滿溺愛的母親會維護調皮的孩子，而怒斥那些可憐的照顧孩子的人。我知道我心太軟，正是因為知道這一點，我很難原諒善鸞。我不能不想到為了善鸞而死的女人的家屬和丈夫，還有他的家屬……我必須想到所有詛咒善鸞的人。人們的眼睛會說「為了你的孩子」，我也要請他們原諒我「為了我的孩子」。尤其是我並沒有愛這些人，我不見善鸞是不能說明我不愛孩子的。我是打從內心裡溺愛著他的。

唯圓　我真難過，我弄不明白。

親鸞　況且，我的好多弟子都不希望我見善鸞。剛才智應和永蓮還來勸我別見善鸞。

唯圓　您別多心。

親鸞　他們都是替我著想的。說出來對人家失禮，這些話的確不好聽。

唯圓　大家為什麼會那樣想呢？

親鸞　像你這樣心中充滿溫情的人太少了。

唯圓　您真的打算不見善鸞嗎？

親鸞　啊。周圍的人會亂的。

唯圓　那善鸞該怎麼辦呢？他將多麼失望啊。更重要的是，他那迷路的靈魂會怎麼樣呢？

親鸞　這是我最擔心的地方。如果非要我才能挽救善鸞的靈魂，而且我又具有挽救他的力量的話，那我會不顧一切感情，去見他說服他。但是，我沒有影響他的力量。能否得救是佛的意旨。我的估算不管用。那孩子是佛的孩子，所以他不會逃出佛的照顧，也不會被佛視而不見。准許我做的事情就是祈願，我雖然不見他，可早晚的時候，我都為他祈願。佛啊，請您幫助那孩子吧。愛就是念佛，只有念佛才是一貫的愛。在我想那孩子的時候，我就會合掌念「南無阿彌陀佛」。請你也為那不幸的孩子念佛吧。

唯圓　讓我為他祈願吧。可這，這是多麼孤單的心啊。

親鸞　這是人類恩愛的界限。

唯圓　我受不了了，人生太寂寞太孤單。

親鸞　人生還有許多寂寞的事。人會失去難捨難分的東西，我到今天已經失去了多少東西啊？（自言自語）啊，該毀滅的就會毀滅，該崩潰的就會崩潰，唯有不被命運摧毀的東西才能保留下來啊。我想扛著這樣的東西走進墳墓。（默禱）

唯圓　啊，我覺得真可怕！

註釋：

1 起請文。又作起誓文、起誓狀、誓文、誓紙、誓詞。於神佛之前立誓，且祈請證明，如或違誓，則請責罰。日本佛教界極盛行書寫此類起請文之風氣。

第四幕　愛能夠溫暖那顆荒廢的心

第一場

黑谷墓地

無數的墓碑、石塔，以及藏佛尊[1]排列著。樹木深深。在一塊小面積的草地上到處是玫瑰、草莓，還有灌木叢。小路從灌木的影子中延伸，穿過草地進入樹林。

人物　唯圓。楓。女孩子四人。

時間　春天的下午，在第三幕以後的一年。

唯圓一人坐在樹幹邊。

唯圓　春天來了，草木的枝丫好像在燃燒。大地吸取著日光，像膨脹起來一樣的柔軟。小鳥在歡樂地歌唱，無數的花朵在祝賀！新生的歡躍好像從我的身體裡面向外噴湧。（起身，走來走去）就要來了嗎？（透過灌木叢看去）是不是不到時候，還沒有出來？我也是悄悄地來這兒的。（片刻）逐漸地，我習慣了說謊。（止步，忽然緊張地）不，現在不能考慮這些。（重新邁步）心裡就像貓抓，讓我坐不住。（唱出聲）初春的歡樂就像辣根的心，為了你，我的衣袖都沾滿了白雪，我們的歲月就在手中……

楓　（從灌木中出場）唯圓，我來了，你也在嗎？

唯圓　是啊，我待了好久。

楓　（靠近唯圓）我家有點事耽擱了，但我還是跑來的。（喘氣）

唯圓　我以為你不會來了，不過那只是我以為。

楓　不能來，可是我偏來了。因為我跟你說好了我要來。我怎麼能讓你一個人傻等呢？可是今天我得早點回去。

唯圓　你別一來就說回去的事。（看楓的臉）我多想見你啊？

楓　（身靠唯圓）我也想見你，想見你。（含淚）

（兩人沉默）

唯圓　坐這吧。（墊好草坐下）

楓　（挨著唯圓坐下）別人會看見的。

唯圓　這裡沒有多少人來，就是有人來又怎麼樣？我們又沒有做壞事。

楓　可是我心神不定。

唯圓　我們好久沒見了。從上次在松家後院分別以來都多少天了？

楓　半個月了。

唯圓　漫長的半個月。這一段時間，我一直想著你。

楓　我也是一刻不能忘你的事。我想你，真不知道有多少次想飛到你的身邊。可我無能為力，我無比的脆弱。

唯圓　在寺院裡念經的時候，我精神恍惚，總是想到你。晚上的念經一結束，我就一個人走在無人而肅靜的院子裡，一邊走一邊想你，這是我最快樂的時間。

楓　我如果還有這樣的時間該有多好啊。我真難過，每天都鬧哄哄的，根本就沒有一個人想事情的時間。

唯圓　要是我們能多見面該有多好啊。

楓　上次要是沒有大姐的幫助，我們也見不到面啊。

唯圓　淺香近況如何？

楓　善鸞回家鄉以後，她每天都很孤獨。

唯圓　托了她的福，我才能給你寫信。上次，我寫信給你一直寫到深夜，後來我把信放在懷裡出了門，外面是如水的月夜。我覺得根本就見不到你，自己的雙腿卻不由自主地邁向木屋町，不知不覺就來到了松家的門口。二樓的紙窗戶上映著晃動的人影，我覺得你好像就在裡面。於是，我在樓下徘徊，這時，淺香出來了，我趕緊把信交給她就趕回來了。

楓　那天晚上，樓梯下面很暗，大姐說給你一個好東西，就把信遞給了我。我透過走廊昏暗的光線看見了你的信，多高興啊。你的信寫得真好，我心裡想說的話再多，筆老發澀，也寫不出來啊。

唯圓　你也給我寫信吧。

楓　可是我只認得幾個字（臉紅），寫得很差。

唯圓　幾個字就夠了。你要是有真心的話，將心裡想的事不做任何掩飾，一氣呵成寫出來就是一封好信。

楓　我的真心不會輸給任何人，我下次也寫信給你。（考慮）不行，那我怎麼把信交給你呢？

唯圓　是啊，你出不來，信使到寺院來也不自然。

楓　有沒有好辦法呢？

唯圓　（考慮）我去拿。

楓　這可行嗎？

唯圓　你把信寫好，我去松家新放的那塊石板上吹口哨。然後你從去河灘的那個後門出來把信交給我。

楓　那樣我們還能見一個面，可要是被人發現了，那可不得了，（壓低聲音）老闆娘不喜歡我跟你好，她發過火，說想要玩的話，就把錢帶來。

唯圓　（握拳）要是我有錢的話。

楓　不要這麼說，我沒有把你當做客人，如果要讓你花錢買我的話，我就是死也不願意的。

唯圓　你為了我受苦了。

楓　我沒關係，可是你會不會被寺院盯上？

唯圓　（臉色變暗）弟子裡面會有人覺得奇怪。

楓　可不能讓師父知道啊。

唯圓　是啊。（不安地）

楓　你今天是怎麼說才出來的？

唯圓　我說去黑谷那裡的寺院參拜才出來的。

楓　那師父說什麼了？

唯圓　他讓我順便去真如堂，晚些回去也沒關係。

楓　是嗎？（考慮）

唯圓　對師父撒謊，我的心是很苦的。早上在黑谷，面對著法然師父的墓碑，我跪下了，我從心裡道了歉。

楓　（臉突然變得沉悶）讓這麼純潔的你撒謊都是我的過失。

唯圓　不是，不是的。

楓　請你原諒我。（合掌）

唯圓　是我不好，（解開楓的手，並一直握著她的手）不用說謊言，照原樣跟師父說明白就好了。我不能沒有勇氣啊。

楓　可你要是把這事說出來，還不挨罵嗎？

唯圓　我們沒做壞事，我們比誰都有自信。楓，千萬別覺得我們做得不對？好嗎？

楓　可你是和尚啊。我是那個，是女人中被別人蔑視的藝妓。

唯圓　真宗的信仰之心並不反對憎侶戀愛。因為是藝妓就要遭到蔑視也不符合師父的教誨。哪怕就是藝妓，只要戀愛是純粹的，那這種愛就將是潔白無瑕的。世俗是卑鄙的，也不知道有多少女孩談的是不真誠的戀愛。我沒有把你當做藝妓，你剛剛不是才說沒有把我當成客人。我感謝你，你有一顆純潔善良的心，我愛你。（緊握楓的手）

楓　可是我，我……（落淚）我身子是髒的。（用衣袖遮臉擦淚）

唯圓

楓

（抱住楓）楓，楓。

你放開我吧。我不值得你愛。我是髒的，而你的身體就像明玉一樣清亮，我對不起你，我只有用哭泣來忍受。一直到今天，我什麼都忍耐下來了，我覺得我的一生都將只是安慰男人的寵物，而且我會就此死去。就連這樣的侮辱也是一種命運，它叫我認命。就算我不認命，不願一生光做男人的安慰，但那也是沒有辦法的啊，我沒有力量。所有的人都想讓我認命，不管哪一個客人，不管任何一個客人都想讓我認命。所以，我狠勁讓自己這麼想，並且警告自己，我只是安慰男人的犧牲品，我只是客人怒罵的鬼。可是，你是第一個把我當做一個女人看待的人，你說我也是佛之子。（哭出聲）我連做夢也沒想到會遇見像你一樣待我這麼好的人。我恢復了原本逐漸失去的女人心，作為一個女人的心願也開始甦醒過來了。你那像春雨一樣的溫情滋潤了我，在我的心裡埋下了花蕾。女人的心願，快樂，生命，啊啊，還有我的戀情全都綻放了。我看到了不屬於我的世界。今天我知道了我的立場，但我不能刺傷你那像玉石般的命運。你放開我吧，我無法繼續了。但我一生都不會忘記你，我會守護著你賦予我的短暫如夢的記憶活下去。

唯圓　這不是夢！這不是夢！我要把我們的愛戀扎扎實實地掌握在手中，作為天地間凡美的精靈，跟天空閃爍的星星一樣尊崇而慈悲。讓我們珍惜兩人生養的寶貝，讓我們培養它吧。我一想到我們的戀情，我就會拼命，我的力量就會噴湧而出，與阻礙我們戀情的敵人勇敢地奮戰。你不要悲傷，保持你那堅強的心吧。困難就像一座大山一樣橫在眼前，為了成就我們的戀情，我們只有踏過它才能取得勝利。把我們的戀情當做夢想是沒有錯的。楓，我的心向來不是那麼浮動的，但一想到戀情，我就會流淚。（落淚）比起甜美而快樂的事情，我寧願想難行、苦行，寧願參拜上百次。愛是巡禮，是每天的參拜。（一直看楓的臉，終於一下抱住她）你特別在意身子葱髒的地方，我能察覺到你的心。你受不了吧？我也一樣，想到這些，腿就發軟，夜不成眠，我想得苦悶，但我可以戰勝這個苦悶。這不是你的罪，而是你的不幸。沒人能責怪你，那是他人的罪。因為那是他人傷害了你，所以你是那樣的痛苦，所以你放棄追求自己一生的幸福。這到底是怎麼了？我詛咒這樣的事實，這是可怕的事實，是不合情理的事，這是惡魔幹的勾當。啊，我要向惡魔挑戰。

楓　全是惡魔，全是冷酷的魔鬼！那些惡魔每天晚上到來，他們沒完沒了地來幹羞恥的事。

唯圓　對這麼小的你，對這麼美麗的身體，啊。（搖搖晃晃）

楓　（扶住唯圓）唯圓，唯圓。

唯圓　畜生！我受不了啦。（對楓）我要把你從惡魔的手裡奪過來保護，要把你從那種境地裡解救出來，哪怕早一天也好。你要挺住，別放鬆，現在，現在我就來救你了。

楓　可是，被弄髒的身子，一次二次……

唯圓　你別再說這話了，你說這個也不會改變我的心，因為這不是你的罪。何至如此，無論你自己犯過什麼樣的罪，我都會大赦你，而且愛你。

楓　（含淚）你如此愛我。

唯圓　（痙攣地抱住楓）我永遠愛你，你是我的生命。

楓　（臉埋在唯圓的懷裡）你會永遠愛我。

唯圓　永遠，永遠。

（兩人沉默，從草叢影子裡聽見童謠。四個孩子出場，都是女孩。手拿毛巾提著籃子）

孩子一　（唱）蜂頭菜是十，我是二十一。

孩子二　找到啦。（摘蜂頭菜的頭）

孩子三　這兒也有。

孩子四　放這兒來。（拿出籃子）這麼多啊。

（孩子們看見唯圓和楓楞了一下，但很快又開始到處找蜂頭菜，一邊摘一邊唱，楓一個勁看著孩子們）

孩子一　這兒有筆頭草。

孩子二　啊（看著）真的，大家摘筆頭草吧。

孩子一　（手抓筆頭草唱）先摘一根。（繼續找）
孩子二　找到了（唱）添上兩根。
孩子三　這也有啊，好大。
孩子四　我也找到了，我的這個也好大。
孩子三　來比一下吧。（把兩根合在一起比長度）
孩子四　我的比較長。
孩子三　我輸了。
孩子一　大家快來看，這有一個地藏爺，還流著一點兒口水呢。

（孩子們向那兒看，一同笑起來）

孩子二　像一個小娃娃。（摸地藏的頭）
孩子三　有幾個？
孩子四　（數數）六個

孩子一　第四個沒有腦袋。

孩子二　啊，我懂了，這叫六地藏。

孩子三　什麼是地藏呀？

孩子四　就是佛吧。

孩子一　那把這朵花送給佛吧。（從籃子裡拿出野菊花放在地藏前）

孩子二　大家都來拜吧。（跪地合掌）

（孩子們一個接一個跪地合掌）

孩子一　咱們該去樹林裡面的那個塔看看。

孩子二　對啊，走吧。

（孩子進了樹林，一邊唱歌一邊退場）

楓　孩子們多天真啊。（思考）

唯圓　一點罪都沒有啊。

楓　好像什麼煩惱也沒有。（片刻）我也想回到那個年代，那時好幸福。而且那時我的父親還活著。

唯圓　你沒有了父親，可我沒有了母親。

楓　你的父親在哪兒？

唯圓　一個人在家鄉，在鄉下常陸。

楓　常陸很遠吧。

唯圓　是啊，要越過十多個國境，在東邊，你的母親呢？

楓　在播州的山裡，她拖了個病身子。（考慮）不管沒有父親，或者沒有母親都是不幸的。

唯圓　沒有母親，我連和服怎麼穿也弄不懂，真的很辛苦。

楓　可沒有父親的生活也是難過的，如果我的父親還在的話，我也不會變成現在這個樣子。

唯圓　別說了，拿自己的不幸做比較也太無情了。

楓　小的時候從來沒覺得家裡窮，我老是跟朋友們跳跳蹦蹦地一起玩。可這段時光太短暫，我十三歲的時候，父親去世了，只剩下母親和我，受了很多苦，有時連飯都沒得吃，後來母親生了病，我們一點辦法也沒有。就在那個時候，我每天都到村邊上的地藏爺那裡參拜，全心祈願母親早日康復。剛才看見孩子們參拜地藏爺的情景，讓我想起了那個時候，所以流了眼淚。但是無論怎麼參拜，病也是治不好。

唯圓　……

楓　當時我拿了一個小包裹讓照顧我的人帶出村子，母親一直送我到了村子的土橋，分別的時候，母親抱住了我，然後哭了……

唯圓　這令人多麼難過啊？

楓　到京都後，他們每天逼我寫記錄，還要學三線琴和唱歌。我一記不住就被撥子打，練習空閒的時候，不是幹雜務，就是打掃，好像不使喚我他們就虧了一樣，我被無所不用。我甚至還想過，乾脆死掉算了。

唯圓　你都想到了這個地步！

楓　他們說我打碎了一個碟子，於是就狠勁地罵我，罵我是狗，罵我是綠猴，可我一聲不吭，埋頭掃地。要是我還嘴的話，非遭殃不可。我拿著垃圾桶到川原去扔垃圾，看著不停流淌的河水，那時真想一死了之。

唯圓　是嗎？

楓　如果不是大姐來的話，我那時早就死了。

唯圓　淺香真是做了一件好事。

楓　是啊，她有時像太陽，有時像陰影，一直護著我。（片刻）到後來，有新人來了，我的處境才開始好轉。可是，他們開始讓我做令人討厭的事情。

唯圓　你別說下去了，別說了。（閉目）

楓　請你忍耐一下，除了你，我沒有人可以說這樣的話。所以，情不自禁地跟你說了這些私事。

唯圓　不！我很難過，我只是不知道怎麼安慰你才好。請你忍住。我不該這麼說，但悲痛的不只是你一個人。包括師父、善鸞，儘管內容不同，可是大家各自都有難以忍受的深刻痛苦。可是，務必忍耐著，堅持活下去，絕不能死。無論怎麼痛苦也不能尋短。師父說，自殺比他殺的罪還要深。佛賜予我們生命，對此我們必須抱持敬虔之心。世俗是火宅，生比死痛苦得多。師父說，在此能不死，能堅強地忍耐著，信仰之心就會萌生。

楓　我該怎麼辦？

唯圓　你過去曾經參拜過地藏王菩薩，讓祂保佑你母親的病能痊癒，可是母親的病沒有好。你怨恨地藏王菩薩嗎？

楓　當時我恨他。

唯圓　這個時候，我們不該恨佛緣。世上不幸的事都是對我們過失的報應；佛是愛護我們的，而且我們應該堅信佛會在某一個地方幫助我們，這就是信仰之心。這是真的，大慈大悲的師父從不說謊，這些都是他告訴我們的。

楓　像我這樣被人賤視，被人說成骯髒女人的人，也會得到佛的救度嗎？

唯圓　會救你的，無論什麼樣的惡人，佛都會救的。

楓　真令人高興，自從跟你結識以來，我逐漸把獲得善與美作為自己的心願，而且建立了信心。在這之前，我見到的都是獻媚與欺騙，對於世上還有愛這個東西早就死心了。可現在，我覺得我能相信守護我的愛的溫暖與希望，我的心裡好像被一道光明照亮。

唯圓　那是因為在你周圍的人都是惡的，從現在起，我們應該考慮光明美麗的事。

楓　你是幸福的，每天都能聆聽尊師的教誨，在佛壇的跟前念經。跟你比起來，我每天的所作所為有多醜陋啊，我厭惡我自己。

唯圓　能在師父的跟前，我打從內心裡覺得幸福。可寺院裡也未必都是清潔之事，其中有幾個和尚就是我討厭的。寺院與和尚沒有什麼了不起，要緊的是信仰之心。我從師父那裡學到的東西不但都會教給你，而且我也不會把你一直留在這樣的地方。

楓　請你快點這樣做吧，把我從這裡誘導出去，變成一個善良的女人。

唯圓　不這樣做，行嗎？（聳起肩膀）

楓　我覺得真高興。（高興地看唯圓）讓我永遠陪在你的身邊吧。

唯圓　我一定會這樣做的。

楓　啊，太好了，讓我們好好珍惜我們的關係吧。

（傍晚的鐘聲鳴響）

楓　（起身）我今天得走了。

唯圓　等一下，等到夕陽躲到楠樹後面再走吧，我不想回去。

楓　（坐下）我也不想回去。

（兩人沉默）

唯圓　楓。

楓　是。

唯圓　楓，楓，楓。

楓　哎呀。（張望四周）

唯圓　我想叫你，叫你多少遍也不厭。

楓　（含淚）我不想離開你，一直到進墳墓也不想離開你。

唯圓　我一想起戀愛的事就不想死，我想永生。

楓　可人都是要死的，你看這麼多的墓碑。

唯圓　自從戀愛以後，我尤其在意死。（自言自語）戀愛、命運與死亡，這些似乎都是相通的。（考慮）說不定，我會早死。

楓　為什麼？

唯圓　因為我有病。

楓　會有這回事？

（兩人沉默片刻）

唯圓　沒法子。（起身）

楓　我回去了。

唯圓　下次什麼時候見面？
楓　現在說不準，我寫信告訴你。
唯圓　儘量快些。
楓　好的，你真的會來取信嗎？
唯圓　一定取，我會吹口哨的。
楓　你現在回寺院嗎？
唯圓　晚上要念經拜佛。
楓　啊！我還得唱歌呀。（嘆息。猛然地）沒法子，再見！
唯圓　再見。

（兩人擁抱，然後離開，楓從樹叢的陰影中退場）

唯圓　（發呆，坐到樹幹邊）真孤單，真寂寞啊。（兩手抱頭沉默）

第二場

淺香的屋子

稍古的裝飾。小佛壇，燈亮著。衣櫃裡掛著和服，牆上掛著兩把三線琴，其中一把裝了一個套子。點燈的燈籠，梳粧檯和火缽。面對河水的是欄杆。

人物　楓。

　　淺香。（藝妓）墨野。

（藝妓）村秋。女傭。

時間　同日，天剛黑。

淺香、村秋和墨野正在配花縷枝，相互無語片刻，只是插花名的牌子。

村秋　啊呀，紅葉！你要不注意，淺香就拿丹青啦。

墨野　不會出錯的，後面還有菊花。

淺香　肯定行。

村秋　瞧，花樣，三張成對啦。

墨野　真順！

村秋　最後還要剩幾張。

淺香　（抽出花名的牌子）是菊花，出來了。

墨野　丹青沒用了。

淺香　真窩囊。

村秋　（笑）可惜了。

（三人沉默，繼續翻花名的牌子）。

墨野　這下可完了。

（三人數點數，女傭出場）

女傭　墨野，剛才客座上叫你呢。

墨野　我就去。（對村秋）現在是十月，還有兩個月。順便告一段落再走吧。

女傭　人家已經久等了。

村秋　你不趕緊去，一會兒不好處理了。

墨野　真沒法子。

女傭　那就快走吧。（退場）

墨野　那我就去了，回頭再見。（退場）

淺香　（沒有氣力的樣子）別玩配花了。（收拾花名的牌子）今晚我全輸光了。（考慮）今年的運氣好像不太好。

村秋　連配花都輸，心情好不了。

淺香　可不是。

村秋　你最近身體不好吧？

淺香　為什麼這麼說？

村秋　我也弄不懂，反正你看上去情緒不太好，總是很低落的樣子。

淺香　這可能是我的本性吧。
村秋　好像有點瘦了。
淺香　是嗎？
村秋　別被事情搞苦了，像我這樣輕鬆一點吧。
淺香　可是每件事都太慘了。
村秋　說是這麼說，可像我們這號人，每天為某些事發愁，總是要有限度的。
淺香　說的也是。
村秋　我一開始也像你一樣，一想那些心裡就覺得悲哀，坐在席位上，我也老哭，可哭沒有用，顧三顧四的，只能吃虧，索性我就什麼也不想，只想著今天能過好就行了。要是把什麼事都想透的話，心就會變窄，到時連現在這個樣子也不能維持了。
淺香　我也想向你學啊，可這是生來俱有的，從外面或許是學不來的。凡事不能想得太多。（片刻）我嘛，對什麼事都不想透，今天一天也沒好事，真寂寞。
村秋　你真是一個憂鬱的人，跟你說一會話，我也被惹得孤單起來。而且還忘事，應該說，讓我更加覺得努力忘事的不幸。（片刻）別說這個了，別再說這麼晦氣的話了。現在不是明媚的春天嗎？說點高興的話吧。

淺香　真是春宵啊。

村秋　街道充滿春色，令人心曠神怡。今晚一到店裡，從窗外傳來輕輕的木屐聲，過路人都在談論花。

淺花　很快就要開了吧。

村秋　大家找一天去看花吧。

淺香　對啊。（低聲）

村秋　可楓還沒有回來呀。

淺香　她還沒有回來？

村秋　去哪兒了呢？

淺香　她說去清水寺參拜就回來。

村秋　夠晚的。

淺香　該回來了吧，她還是孩子。

村秋　她可不是。（片刻）其實啊，老闆娘跟我悄悄說過。

淺香　她說什麼？

村秋　楓的做法太任性。她跟那個小和尚綁在一起，家裡事也放著不管。沒有錢還要玩掙錢的女人，這真是太便宜了。加上她對外客也不好，令人難辦。淺香，還有你呢。

淺香　連我也說了嗎？

村秋　是啊，老闆娘說你在中間幫他們，本來你應該管好妹妹的，可一點也沒做到。

淺香　她這麼說嗎？

村秋　話說得很衝。你要是不留意，萬一那個老闆娘發起火來，你可要倒楣呀。

淺香　是啊。（深思）

村秋　我覺得楓還年輕，變成那樣也不是沒有道理。況且我也不是沒有經歷過。可是她太糊塗了，一個供職的身子怎麼能像一個純情少女那樣落入情網呢？

淺香　這在老闆娘看來，應該是一件很傷腦筋的事吧。

村秋　不管怎樣，她掙不到錢。楓要是跟我說說，我也會給她提個建議什麼的，但她對我什麼也不說，一直守口如瓶，真是不可愛。

村秋　她只能跟他幽會，掙不到錢，大概內疚不敢說出來吧。

淺香　可她太高傲了。今天她偷偷地出去碰見了我，我問她去哪，她騙我說到那邊去一下。我生氣了，到那邊不就是去寺院嗎？於是我跟她說了老闆娘發火的事，還要她忠於職守。這下，她張口就說，我沒幹壞事，我跟姐姐們的想法不一樣，你別管我。你看。

淺香　她這麼說了嗎？等她回來，我好好說說她。你別放在心上，別跟她計較，她本來是一個老實的孩子。

村秋　她太瞧不起我們了。

淺香　那孩子最近入了迷，聽不進別人的話才那麼說的吧。

村秋　你對楓管得太鬆了，老闆娘上次也這麼說，楓的高傲都是淺香慣出來的。

淺香　沒有這樣的事。

村秋　不管怎麼說，你叫她當心的為好。大家都這麼說。太軟了不管用呀。

淺香　我會的，請你原諒她。（含淚）

村秋　這不是什麼原諒不原諒她的問題，都說到這兒了，我想就把話說清楚吧，老是這個樣子對楓沒有好處的。

淺香　好了，說到這兒就行了。

村秋　改日見。光顧著玩配花，傍晚的裝扮還沒準備呢。

（村秋退場。淺香發呆，然後把配花收進盒子裡，又陷入沉思。不時，猶如換了一口氣，坐到梳粧檯的前面）

淺香　（看鏡子）真的是瘦了，（手放在臉上）還會再瘦嗎？（從梳粧檯的抽屜裡拿出梳子，梳理頭髮）老是這個樣子，到底是為了什麼打扮呢？為了玩弄自己的那些討厭的男人……為了向自己的敵人獻媚而必須梳裝打扮！不，我不想這些事，我是為了習慣才每天傍晚面對梳妝鏡的。對自己的漂亮樣子有信心的時候還算好，（片刻）可有時也掉頭髮。（用梳子理頭髮）拿一個弱不禁風的身子當資本，偏幹那些費體力的活，幹呀幹呀一直幹到幹不動為止……（身體發抖）

啊，別想了，別想了。

（從別的客室上傳來鼓聲，楓出場，看著淺香放聲哭）

淺香　（靠近楓，打量她）楓，你怎麼了？楓。

楓　太過分了。太過頭了。（身子顫抖，頭髮上插的霞草也掉到了地上）

淺香　怎麼了？怎麼會一下子變成這樣？（幫她插上霞草）快坐下。（讓楓坐到火缽邊，自己也坐下）

楓　（不再哭了）老闆娘大罵了我。她叫我回來，是我不好，回來晚了，可是我回不來呀。老闆娘罵我罵得太狠毒了。

淺香　我也想是這麼一回事。

楓　她抓住我，大發雷霆。她罵我用的都是髒話，這個我不怕，反正我只不過是老闆娘眼中的螻蟻之輩，她罵我罵慣了，她說我什麼，我都忍了。可是，她把那件事說得醜陋不堪，讓我在旁邊實在是聽不下去。

淺香　是唯圓的事吧？

楓　她說他玩了女人還不願花錢，跟小偷沒什麼兩樣，還說他是一隻溜進廚房偷吃魚的野貓。

淺香　太厲害了。

楓　她讓我氣極了。我說，不，他是像鴿子一樣純潔的人，然後就踹了她。

淺香　你踹了老闆娘？

楓　是的，對準了她的這個地方狠勁地踹了。（指著膝蓋）她禁止了我今後的外出。

淺香　好厲害啊。老闆娘本來就是這個火爆脾氣，可你踹她也過分了，跟她講道理就行了嘛。

楓　這肯定是村秋告的密。今晚她在老闆娘身旁可得意了，那副討厭的樣子就像一根針。

淺香　村秋也真是的。你這麼弱小，大家還都欺負你。（片刻）村秋剛才還在這兒說起你呢，說你高傲，輕視姐姐們，她很生氣。對你什麼都不告訴她很不滿意。

楓　真討厭。跟她能什麼都說嗎？我決不會把埋藏在心底、最寶貴的戀愛跟一個嘴巴不牢靠的人說。真的，能說真心話的，現在只有淺香姐。我什麼都說，或許教你覺得我理直氣壯，可你不是說過，不論什麼身分，你都討厭那些毫無驕傲感的人嗎？

淺香　（含淚）你還記得。唉，我們是藝妓，是人家眼裡的卑鄙貨色，縱使這樣，我依然那麼想，也許我真是一個傻瓜。楓啊，我沒有什麼可說的，只是覺得你可憐。凡事都要忍耐呀，除非放棄，唉，但無奈放棄的心是多麼可憐呀！

楓　我知道了。姐姐（含淚）如果沒有你在，我現在真不知道會怎麼樣。我在心裡合掌向你感謝。

（兩人沉默，只有鼓聲迴盪）

楓　（走到欄杆邊向遠處眺望）姐姐，你來看，月亮浮出東山了。

淺香　（走到楓的旁邊靠住欄杆）山的綠色一下子亮起來了。

楓　對岸的燈多美啊。

淺香　橋上還可以看見人影呢。

楓　看到這樣的地方，真教人懷念。

淺香　今天你跟他在哪兒見面的？

楓　黑谷墓地的後面。

淺香　這下可樂了吧。（微笑）

楓　是啊，不過我們更多的是悲傷，還哭了。

淺香　為什麼？

楓　兩人一在一起，我自己就開始悲傷，老想著他怎麼了，淚水就往外湧。

淺香　你對他真好，他見到你都說些什麼？（微笑）

楓　（高興地）他說了很多，想念我呀，寫信呀，還有一些私事呀，以及今後要去哪裡呀……

淺香　（認真地）他說要去哪兒了。

楓　他說要跟我在一起。（快嘴）我說不好意思，我是這麼一個身分，你就別理我啦。可唯圓說什麼也要跟我在一起，還說真宗是可以娶老婆的。

淺香　那他已經知道你的身子是髒的？

楓　是的，他說一想到這些，整夜也睡不著覺，可他戰勝了這份痛苦。他說你的身子髒不是你的責任，而是你的不幸。不光是這個，哪怕是你弄髒了自己，我也會寬容你，而且愛你。

淺香　（含淚）他真是認真啊，而且還有一顆火熱的心。

楓　唯圓是認真的，跟我在一起的時候動不動就開導我，我特別願意聽他說，我喜歡他說那些美呀，實在呀什麼的，儘管我不懂，但我最喜歡看他說話的樣子。

淺香　（微笑）你一回也沒跟他做過嗎？

楓　（認真地）是的，一回也沒做過。

淺香　世上沒有像他那麼好的人，你要好好對待他啊。

楓　當然了，但我覺得我有點配不上他。

淺香　我也是打從心裡喜歡他。如果你不願意讓討厭的人看見你的話，我可以為你們傳遞信件。

楓　那就麻煩你了。唯圓對你的印象也很好，他還問起你上次的事，說了好幾次感謝你的話。

淺香　那天晚上真巧，我剛出門就看見他在月光下徘徊，一種哀傷讓我落了淚，我趕緊走到他的身邊問是不是找楓？他遞給了我一封信，讓我轉交給你，說完就匆匆離開了。

楓　他說如果不是遇見你，或許會一整夜在那兒徘徊。

淺香　要是靠他自己，也許只能這樣。（微笑）我幹了一個好差使。

楓　瞧姐姐說的。

淺香　（臉變暗）今後怎麼才能見他呢？

楓　（不安的面孔）唉，我真要擔心了。按照今晚老闆娘的火氣，她根本不會放我出門。唯圓也不會到店裡來。

淺香　要解決錢的問題啊。

楓　就算唯圓有錢，我也不想讓他花錢，他不是客人。他對我就像對一個姑娘一樣，我們今天還發了誓，他告訴我千萬別輕視自己。

淺香　除非你辭掉這兒的工作，要不然你是出不去的。

楓　唯圓現在就想讓我辭職。

淺香　噢。（考慮）但他有什麼可依靠的呢？

楓　（不安地）是啊，他靠什麼呢？

淺香　他是誠心誠意的，可在世上這不一定能通行。

楓　他不太懂世俗的事情，反倒我心裡是明白的。

淺香　我想也是這麼回事。

楓　他說要跟師父坦白，而且聽他的意見，這大概就是他的依靠吧。

淺香　親鸞嗎？

楓　是的，他的師父無論什麼事都會幫助他，而且沒有說過和尚不能談戀愛。師父覺得就算是對藝妓也是不可輕視的。

淺香　聽善鸞說過師父什麼事都知道。

楓　姐姐，我該怎麼辦？

淺香　是啊，據說他的弟子也並不全是好人。

楓　師父是一個非常細心的人。

淺香　可是今後，你怎麼跟他見面呢？

楓　沒辦法，唯圓從河灘上繞過來，在石板那兒向我打信號，然後我從後門出去拿他的信。要是不俐落的話就會被別人發現，可哪怕是一個瞬間，只要能看見他的臉也好啊。

淺香　你這麼想見他？

楓　哪怕就見一眼也行，（片刻）唯圓有許多不眠之夜，他也想念像我這樣的人。

淺香　（感慨地）所以你的身心都是想他的。

楓　是啊。（含淚點頭）

淺香　（換了語氣）會順利的，我祝福你。我說的並不是讓你馬上見到他。今後可能還會有這樣那樣的事發生，但只要你們兩人的心凝結在一起，事情就一定能夠如願。最重要的是要忍耐啊。

楓　不管多麼難受，我也會忍耐。

淺香　不堅強可不行啊。我一遇什麼事就軟下來，很沒用。為了保護自己的幸福就要勇敢。人總會欺負老實人，有的時候甚至會踐踏比人命還貴重的東西，而且總是有冠冕堂皇的理由。善鸞不是經常說嗎？如果我們不能貫徹道理的話，反倒會被認為是敷衍了事，給周圍帶來麻煩。如果善鸞當初與戀人齊心合力，為了自己的幸福堅持抵抗，那就不會讓大家痛苦，也不必獨自哭泣。一旦把幸福拋出去做了犧牲品，那就必須把自己當做死人，一生都必須孤單而堅強。心軟的人大概做不到這一步，從一開始他們就被情義纏住了手腳，到後來也忍受不了孤單。（片刻）他真是一個不幸的人啊。（片刻）你不要像他那樣啊。

楓　我會拼命努力的。今天唯圓也說，無論遇上什麼困難，我們一定會取得勝利。姐姐，你也要幫助我們啊。

淺香　我什麼都可以為你做。

楓　我不會忘記姐姐的大恩。（含淚）

淺香　我覺得你就是我同胞的妹妹。

楓　我也覺得你像我的親生姐姐。

淺香　你剛來的時候，先到了我的房間，拉著我的手說今後請多關照。那時我就覺得很親切。老闆娘說，這回來了新人，把她當做你的妹妹好好栽培吧。聽她說的

楓　時候，我並沒有什麼感覺，可是一見到你，我開始覺得有某種哀憐，你怯生生地對我說話，而且鄉下的口音很重。當時，我什麼都不懂，很膽小。那時你說身體不太舒服，拿著火缽一直坐在那裡一動也不動。我覺得你是一個溫柔的人。後來我們接觸多了，我覺得你跟姐姐們不一樣，似乎多了一份孤寂和典雅，那麼的值得愛戴。

淺香　你剛來的時候受了不少苦，這麼小的身體幾乎要經受不住了。

楓　多虧你護著我。

淺香　你上次想死的時候，我有多麼吃驚啊。

楓　忍耐、挺住，我都知道。我的狠勁是一樣的，你哭著勸我說，不管怎樣，你也要為了家鄉的母親啊，你不能這麼荒唐啊。

淺香　你聽進了我的話，後來我們無話不說，有時兩人也一起哭。

楓　把我們的不幸放在一起真像如數家珍一樣。

淺香　我們不是想過嗎？為什麼老是這樣不幸。可想來想去也想不通，結果乾脆不想了。

楓　從那時起，我們更親了。
淺香　無話不說。
楓　（看著淺香）以後可別不認我啊。
淺香　這話我才要對你說。
楓　姐姐，把手給我。
淺香　好。（伸出手）
楓　（把淺香的手握在胸前）姐姐的手冰冰涼涼的。
淺香　我是容易著涼的體質。

（兩人沉默稍許）

楓　善鸞有信來嗎？
淺香　有時有。
楓　他在家鄉怎麼樣？

淺香　還是在寺院裡面，坐在寺院都成了習慣，說是拜佛，實際上他什麼也不信。他信上說自己的心越來越寂寞了。

楓　他是相當寂寞的人，越跟他熟，越發現他內心深處的不幸。

淺香　善鸞是為了見自己的父親才到京都來的，可他的父親為了身分，為了弟子，為了親戚的擔心考慮良久，最後還是決定不見他。

楓　他回去的時候一定很孤單吧。

淺香　與其說是哀憐，還不如說是悲哀。（片刻）托唯圓的福，讓他理解了父親的心情，才令人放心。分別的時候相互祝願幸福……，把所有的人都當做是我們的鄰人，這樣待人接物才是恆常的道理。他說，不管人與人怎麼相愛，要永遠在一起是不可能的。分別後得靠祝願，除此而外，別無選擇。你和我都一樣。我們很快也會分離，今後什麼時候才能重逢也說不定。他還說，分別後，你要為我祝願，我也為你的幸福祝願。

楓　善鸞跟唯圓很好。

淺香　他一直誇獎他，說沒見過像他那樣純潔而溫暖的人。

楓　唯圓也說過，他不理解為什麼大家都要說善鸞的壞話。

淺香　他那善良的心被刺痛以後，變怪了。一旦心靈亂了，想恢復也很難。所以他始終需要身旁有一種愛能夠溫暖那顆荒廢的心。可是，在他的周圍，別說缺少愛了，反倒到處都是詛咒和蔑視。

楓　是啊，他並不是不管他人怎麼說的人，但他喜歡把自己說得很堅強。他經常紅著臉問，你看我是善人還是惡人？我說我從來也沒見過像你這樣心地善良的人。他又問，你真的這麼想嗎？我說我對你不奉承，他聽後就流下了眼淚。楓，我真是善人啊，我不是他們說的惡人，你別把我當做惡人。說這話的時候，正好是那天輪到我坐在他的旁邊，就是他用酒灌我逗我的那個晚上。

淺香　跟他熟了才覺得他是很有味道的人，我從來沒有遇過像他那樣的客人。

楓　你跟善鸞到底熟到什麼程度？我一直都不明白。

淺香　（哭笑）我們跟你和唯圓不一樣，我們都是上了年紀的人。

楓　可雙方是愛著的。

淺香　我們是愛過的。

楓　那幹嗎要分開呢？

淺香　這就是人生孤獨的地方，我和他都具有那麼孤獨的心，這是你不會明白的。

楓　是嗎？可是你經常會想起和他共度的時光吧？

淺香　經常想起。

楓　他下次什麼時候來京都呢？

淺香　不知何時啊。

楓　那你很孤獨吧。

淺香　（含淚）姐姐已經習慣這種孤獨了。

楓　也不知怎麼了，總覺得不安。

女傭　（出場）楓，把你的花拿過來。（退場）

楓　啊，真討厭，今天晚上我真不想去，我沒有心思陪客人。

淺香　忍耐一下去吧，要是你不去，老闆娘可饒不了你。

楓　真沒辦法。（坐在梳粧檯前，重新打扮了一下後站起）那我先走了。

淺香　（退到火缽旁）快點回去呦。

（楓退場，沉默片刻）

淺香　（用火鉗子捅灰）啊呀，火什麼時候也滅了。（嘆氣）我的心就像一把灰一樣，已經沒有年輕的熱情，更不能獲得像楓那樣的戀情。為自己的不幸而落淚，而且淚已經乾了。向誰訴說的心也已經消失了，我沒有任何希望。說是這麼說，但我也不能死，只能把這一切看做一個習慣，把沒有任何感受的事繼續下去。這能留下什麼呢？它只能是忍受痛苦的心和老與死，另外還有什麼呢？……什麼也沒有啊。太孤獨了（哭了，抬起頭往四周看）誰能來救我呢？真的，有誰能……

註釋：

1　地藏王菩薩石像

第五幕　戀變成罪

第一場

大堂

大堂內豎立著頂天的立柱，正面擺放著佛壇。左右兩邊的拉門上是古典的裝飾畫。燈盞通明。大堂外的走廊，通向後院；走廊外有一座掛鐘。

人物　唯圓。僧侶數人。小僧一人。

時間　晚春的黃昏，在第四幕以後的一個月。

僧侶六人坐在佛壇前念晚上的佛經，即將念完。

眾僧　（合唱）釋迦牟尼佛能為甚難稀有之事。能於娑婆國土，五濁惡世，劫濁、見濁、煩惱濁、眾生濁、命濁中，得阿耨多羅三藐三菩提。為諸眾生，說是一切世間難信之法。舍利弗。當知我於五濁惡世，行此難事，得阿耨多羅三藐三菩提，為一切世間說此難信之法，是為甚難。佛說此經已，舍利弗，及諸比丘，一切世間天人阿修羅等，聞佛所說，歡喜信受，作禮而去。（鐘聲）佛說阿彌陀佛經。（鐘聲）

僧一　南無阿彌陀佛　南無阿彌陀佛　南無阿彌陀佛　南無阿彌陀佛

（眾僧合唱數回，拜佛，沉默。起身，無聲地走出大堂，從拉門處退場。舞臺無人片刻。小僧出場，敲響黃昏的鐘聲，大約兩分鐘。無聲地退場）

唯圓　（出場，臉發青，眼衝血）念經好像已經結束了。（攤坐在佛壇前）啊，內心的寧靜消失了。寧靜，那份寂靜的，令人沉靜的心去哪裡了呢？在這張念經的台前，在這無人的大堂裡，我跪著，在黃昏中祈願，這時我的心是多麼寧靜？香爐裡火苗的香味籠罩了我，而我的靈魂在哪裡呢？我要緊緊抱住胸膛，守護這份寧靜。（片刻）那時我的心是亂的，心是饑渴的，我記不住有過多少不眠之夜？一早一晚的念經心也是亂的。靈魂猶如一條野狗，不停地徘徊。是啊，就像一條野狗，今天松家的太太也是那樣嘲笑我的。（顫抖）她還說，臉上表現出欲望，但又怕別人發現，於是就從後門溜出去，這就像無家可歸的野狗一樣。啊，我穿著黑色的法衣，紅著面孔，戰戰兢兢地，站在後門口。人家侮辱了我，但我卻什麼也說不出來。我的這副慘樣就跟狗一樣，跟肉食狗一樣。（哭了）

（僧侶三人出場。唯圓遮住眼淚想站起來）

僧一　唯圓。

唯圓　是。（起身）

僧一　我跟你有話說，你等一等。

僧二　我們一直等著你回來。

僧三　坐下吧。

唯圓　（提心吊膽地坐下）有什麼事？

僧一　我們想打聽一點事。（看著唯圓的臉）你怎麼了？臉色很不好啊。

唯圓　……

僧三　今天去哪裡了？

唯圓　去了木屋町，晚了。

僧二　你經常耽誤了念經。

唯圓　對不起。（含淚）

僧三　如果你再不注意的話，可就不好辦了。

僧一　你還年輕。

僧二　年輕的時候必須要有精力旺盛的心。我們年輕的時候都是拼命地修業。早上太陽還沒有出來，我們就起床了，早飯之前先靜坐練心，晚上一直到夜裡還是念經，有時甚至不知天明。我們從來不曾耽誤過念經。

僧三　現在這些年輕弟子的心思都不一樣了，連念經都能耽誤，真可悲。藏在僧衣裡的都是女人的事……啊，我連這個都說出口啦。

僧一　不對，我們應該告訴唯圓一些事情。今天之前，我們都憋著，一句話也沒說，但老是這樣等於放任你，這對唯圓不好，還會先弄髒佛法。（提高嗓音）唯圓，你今天去松家了嗎？

僧二　是不是去了那個叫楓的藝妓那兒？

唯圓　……

僧三　我們什麼都知道了。你說去六角堂參拜、去黑谷掃墓，我看你那麼頻繁地進出，無非就是為了見她。

唯圓　對不起，對不起。

僧二　我老早就覺得你的行跡可疑。不，現在連其他弟子們也這麼覺得，所以我們三人一起來說說你。

僧三　年輕的弟子們還羨慕你呢。我們這些上年紀的倒無所謂。但那天我經過殿堂，聽見有人說，唯圓是師父的隱私弟子（聲音變怪），也想美女，說你是果報者。

僧二　（嘲諷地）人家暗地裡說你是法衣的小將。

唯圓　（咬牙切齒）你在騙我？

僧一　不是，是人家這麼說的。（僵直地）要是師父不說話，那你就更應該嚴謹。凡

僧三　事有彈性是好的，但你想怎樣就怎樣是不對的。如果對方是良家少女那也就算了，可她偏偏是一個賣身的藝妓，這是輕浮而可憎的。

唯圓　她是藝妓，但心底純潔。

僧二　（看僧三的臉）你被欺騙了。古語說「傾城無誠實」，藝妓說的話，你能信嗎？

唯圓　可她絕對不是那樣的女人，倒是我傷了她的心。

僧三　你還年輕，天下沒有比騙你更簡單的事啦。她無非就是把一隻手放在你的膝蓋上，然後掉幾滴眼淚。說白了，就是這麼點兒事。

唯圓　我相信她。

僧二　就算那個女的對你有興趣，就算她有好奇心，那也是因為你是和尚，因為你的交際手腕好。

唯圓　沒有如此輕浮的事。我們是認真的，甚至認真得都很苦惱，每次見面都哭。兩人在一起流的是同樣的眼淚。

僧三　這麼認真，真教人吃驚。買女人還認真，而且還是一個和尚，哎呀，現在的年輕弟子太教人驚奇啦。

唯圓　我沒有把她當做藝妓，她是一個姑娘，她也沒覺得我是在買她。

僧二　要是姑娘的話，她夠三心二意的呀。漢書上說「晨送吳客，夕迎越客」，你仔細想想，那個女的在你以外還跟幾十個客人交往，其中不乏英俊的紳士和商人，還有武家什麼的。姑且不算他們，就算這個女人的心全給了你，那你得有吸引她的地方呀。恕我失禮地說一句，你只不過是一個尚未修煉完成的小和尚，也沒有錢，而且僧侶一般是不受女人喜歡的。你想想吧。男人見了女人往往容易自戀，覺得了不起。你別不高興，你太激動了。可是就在我們說這些話的時候，那個女人已經在別的客人懷裡了。

唯圓　好，你就這麼說我吧。（興奮起來）我知道自己的價值，我也知道那個女人骯髒的身子，但她的心是我的。

僧三　你的心也是那個女人的，對不？（冷笑）成千上萬的年輕人從很久很久以前就開始說這句話了。可到了後悔的時候，才知道自己的無知。所以，你應該從一開頭就離這個危險遠一些。智者能夠在不危及自己的範圍內去欣賞女色，憑你的身子往危險中跳？而且什麼武裝也沒有。你不是在說傻話嗎？這不太幼稚了嗎？搞女人就是玩火，這太危險了啦。

唯圓　認真的事不都是危險的嗎？師父以身作則，他不也是在跟經驗碰撞的時候才有了自我嗎？他說過，信仰的心也是一種冒險。

僧三　你還有一點羞恥吧，唯圓。（聲音嘶啞）你是不是把玩女人跟信仰之心混為一談了？

僧二　假借師父的名字遮掩自己的過錯，這都是因為師父老護著你才這樣的，你太受寵了。

僧三　跟一個不明不白的藝妓混在一起，耽誤佛事不說，還這個那個地辯解，你應該心裡過不去，好好向大家道歉才對。我們年輕的時候，做這種事的人早就被開除山門啦。

僧一　那個下賤的藝妓還跟你說了什麼？光說欣喜的話也有個頭，大致不就是那些嗎？用粗俗一點的話說，她是不是也說了那些不太高雅的話呢？比如「朝後面伸出舌頭」什麼的。

唯圓　（發怒）你對一個少女太輕視了。僧侶是尊貴的，藝妓是下賤的，這個想法難道不會太僵化了嗎？僧侶的心也有骯髒的時候，藝妓的心也有聖潔的時候，她也能純粹地戀愛。你不能在不瞭解對方的情況下，一開始就把人家說成是惡的。一個人為了一件事專心的時候，他會認真的。我聽了你們的話就覺得你們從來沒有認真地對待過女人。這就是你們把女人看做是惡的原因。

僧三　你這是在開導我們嗎？（冷笑）

唯圓　（反駁）你們根本就不愛護我，我從一開始就覺得碰上了冷空氣，心變硬了，你們不愛護我。（含淚）你剛才說「伸出舌頭」的時候，我看見你的嘴角上有一絲蔑視表情。可是，當她對我說，我的身子是髒的時，她含著眼淚，兩手合掌向我道歉，那時我感覺到她的聖潔。從那時起，我就深信這個姑娘，有時，我從她身上獲得了一種純粹的宗教感受，而且能夠從中頓悟，我感謝她。

僧二　那你別拜佛了，你就拜她吧。

唯圓　（站起來）我不幹了，我走了。

僧三　（大喊）你愛幹什麼就幹什麼吧。

僧一　（克制地）別衝動，唯圓，你等等。

唯圓　（坐下）我覺得真沒意思。（含淚）

僧一　你不覺得你做的事是不對的嗎？

唯圓　我不覺得像大家說的那麼惡。

僧一　那你幹嗎說謊出去呢？

唯圓　……

僧一　看來你還是有不對的地方。但我不說得太狠。我想，年輕人犯錯誤是難免的。只是你想想吧，這會影響到其他的年輕弟子們啊。

唯圓　為了出門說謊是我不對，我的心裡很內疚，我會向師父坦白。

僧一　向師父坦白？

唯圓　是的，無論什麼都說出來。

僧一　你可真能想呀。

僧二　真是厚顏無恥。

唯圓　可是師父並沒有說不能談戀愛。

僧二　他可不會說跟藝效也能談戀愛吧。

唯圓　他說對藝妓也不能輕視。

僧一　我們的宗派准許一般男女結婚，但這並不是認可男女鬼混。跟藝妓暗地裡來往是好是壞，這不是很明白的事？

唯圓　暗地裡交往是我的不對，我認錯，我以後絕不會這樣了，請你們原諒。最近我一直在想什麼樣的男女關係是真實而美好的，有時我弄不清楚。或許男女的野合才是最真實的。

僧二　你真能把我們嚇一跳。

唯圓　我想跟她在一起。

僧三　跟那個藝妓？

唯圓　是的，我向她保證了，我們要結為夫妻。

僧二　瞧你這張臉，虧你能說出口？

僧一　你考慮好了嗎？

唯圓　是的，我夜裡連覺也沒睡，已經想好了。

僧二　沒睡覺的結果給了你這份決心，這份淫亂的決心，我真服了你了。我想得太淺了，你是不是被什麼東西迷惑住了？

僧三　破戒，真可怕。（片刻）這無疑是惡魔的誘惑。

唯圓　（嘆氣）

僧一　唯圓，讓我不厭其煩地再說一遍，因為我知道你這根筋的脾氣，所以我到今天都是愛護你的，可我只說一回，你考慮一下，靜靜地，把心放靜。你現在太激動了，戀情的烏雲遮住了智慧者的雙眼。我沒有一時一刻不想寺院，也沒有一時一刻不想佛法，而且還惦念著好幾百個弟子，那群容易迷路的羔羊。我也知道年輕人的心。你愛上了女人並不奇怪，況且我們的宗派是准許帶妻子的。如果你從一個正經的地方接來良家少女，我們沒有什麼可說的。但是跟一個不知真實姓名的藝妓混在一起，這就太過分了。尤其是現在，世上說我們的流派是惡人的行徑，批判我們的聲音也越來越大。在這個時候，如果師父的隨身小僧竟然娶了藝妓，那會使我們成為眾矢之的，年輕弟子們的精進也會受到阻礙。平常都很聰明的你，怎麼這點道理也不懂嗎？如果你不悔改的話，我們是不能留你在寺院的，要不然就是我們走，兩者選一。我想你為了不讓我們受苦，應該會決心放棄吧？我是愛護你的，唯圓，趁著你現在正好激動，就下個決心吧，把那個女的忘掉……啊呀，你在哭啊。

僧二　她也不是姑娘。

僧三　你是不是已經下決心跟她分手了？我知道這是很難過的事情。

唯圓　我下不了這個決心。我已經想透了，我不是沒有想過寺院的事，佛法和眾兄弟們的事，但是，我還是不能拋棄她。她是無罪的，我找不到必須拋棄她的理由。我覺得戀愛不是罪惡，如果是罪惡的話，那為什麼我的眼淚和感激會跟著感情走呢？我的心思念她，我的心是充實的。愛在我的胸中發光，愛在我的胸中流動，愛是溫暖的喜悅，浸透了我的全身。我覺得我就是活在眼下。啊啊，如果你們能夠理解我們有多麼相愛該有多好啊，我珍重自己內心的願望，只要這個願望不是惡的，那我就絕不放棄。師父說過，宗教之於人來說，是要帶進墓地的，在進入墓地之前，無論現實會製造什麼障礙，人是不會放棄宗教的。而且，哪怕到了墓地那邊的國度，人也會實現自己的願望。那可憐的姑娘啊，陷入了深淵裡的泥潭，她甚至想過死亡。這時，救度的繩索從天而降，抓住它就能得救，但她從一開始就遭受了拒絕救度的不幸。我花了多大的力氣勸她，勸她堅信自己也會被救度，勸她從內心裡相信救度的實現，她終於抓住了繩索，她被撈上來了，她看見了光明的陸地，她的眼前充滿了幸福與希望。可是這時，突然要把繩索切斷……啊，我怎麼能做出這麼殘酷的事呢？做這樣的事能對得起佛心嗎？我不能！（全身熱起來）我要跟她在一起，無論在哪兒，無論多久。

僧二　寺院怎麼辦？佛法怎麼辦？這一切都不管了嗎？

僧三　年輕的弟子們會亂了陣腳的呀。

唯圓　啊啊，我也搞不明白了。

僧二　你只能兩選一，要戀愛，還是佛法？

唯圓　這太不近人情了，這是不合理的。不放棄戀愛就不能建立佛法？我哪一個都不能放棄。

僧三　天下哪有兩者都占的好事？

僧二　你真想把女人跟佛陀擺在一起了嗎？我算服你了，你還有一點羞恥吧。

僧一　（安靜地）大家冷靜一點，別這麼動火。唯圓，你現在一定很苦惱，但苦惱是暫時的，日子長了，它自然就淡了。人心不是狹隘的，人心不光是對準某一點才能燃燒。蝴蝶也不光是紫色的。有些事對現在的你來說事關重大，可對我們這些上年紀的人來說，就像一個某某太郎發現了一朵花一樣的普通。

唯圓　（發怒）我對這麼想問題感到羞恥。

僧一　你別這麼激動，我只不過是以身為一個長者，對年輕的你說說而已，看來跟你說什麼都不管用了。我們只能按照我們想的去做。再問你一次，你無論如何也不能跟她斷嗎？

唯圓　說什麼也不能。

僧一　那就沒辦法啦。（對僧二、三）說什麼也不管用，咱們到那邊去吧。（起身）

唯圓　（抓住僧一的衣服）你們要幹什麼？

僧一　我不能跟你待在一個寺院裡，是我出去，還是你出去，就讓師父決定吧。

唯圓　這太過分了，請等等。

僧一　我該說的都說了。（甩衣服）我別無選擇了。

（僧三人退場）

唯圓　（目送他們，茫然而立，嘆息）我該怎麼辦呢？戀愛難道都是這麼難受的嗎？這沒完沒了的擔心，這被靈魂重壓的心情……（片刻）可是也有從內心深處噴湧而出的喜悅啊。令人發抖的、令人痛哭的、令人想死的喜悅！（狂熱地）楓，楓，楓，（被自己的聲音驚嚇，環視四周，進而思考）我錯了嗎？我是不是被無形的力量控制了！（看佛壇）那無精打采的燭光似乎在跟我低語，在那慈悲深邃的佛像的眼裡，我是不是一副哀憐悲慘的樣子呢！我什麼都不懂。現在的所做所為、罪惡、今後何去何從，回想起來，我至今為止是多麼嚴格待人啊，如此弱小的我卻一點都沒有自知。剛才我還說得那麼強硬，可現在，我覺得自己是一個不能得到饒恕的人。慈悲深邃的佛啊，（合掌）請原諒我吧。

第二場

親鸞聖人的房間

舞臺與第三幕第二場相同。

人物　親鸞。唯圓。僧三人。

時間　同天晚上。

僧三人與親鸞談話。

親鸞　我雖然也能感覺出幾分，但還是沒有開口，我只是在觀察，為了這種事吵吵鬧鬧可不好。

僧一　我們也是這麼想的，所以才一直看到今天，而且還制止了年輕的弟子們，沒讓他們吵起來。我們覺得時候到了，唯圓就會反省自己的過失，可他越來越執迷不悟。

僧二　越來越任性，隨便說個什麼理由就外出，到了晚上也不見他回來，還把念經都耽誤了。

僧三　他不是唉聲嘆氣，就是兩眼哭得紅紅的到休息室來，有時還在後院想事情，對弟子們有很不好的影響，我們說過他很多次了。

僧一　有的人告訴我曾經見過唯圓在木屋町茶座的後院徘徊，心神不定，甚至驚慌失措，身上又沒錢，還想去茶座，惹得人家大發雷霆，我已經無法制止了。

僧二　對方叫楓，是茶座裡一個十七歲的小藝妓。他們是去年秋天開始來往的，那時正值善鸞來到京都，唯圓老去看他，後來他們認識了。反正這是一件令人頭痛的事情。

僧三　今天念完經，我們回來晚了，到大堂裡一看，他正趴在佛像的面前哭。臉色發青，眼睛上吊，一副悲慘的樣子。我們覺得老是放任唯圓，對他沒有好處，所以就誠懇地說了他。

僧一　跟他說這是為了寺院為了佛法，我們說給他聽，但他似乎聽不進去。

僧二　他好像沒有覺得自己做的事是壞事，至少他自己是這麼說的。

僧三　還說什麼，他已經跟那個藝妓定下了夫妻之約。總之，他在我們眼前一個勁地大誇那個女的。

僧一　我懇切地跟他講道理，勸他為了佛法跟那個藝妓分手，可他死也不肯。

僧二　到了最後，他乾脆說佛法與戀愛不能兩立是謊言，他發狂得都忘了自我了。

僧三　他不僅不聽我們的意見，還反過來數落我們。

僧二　太驚人了。我服了，他這麼浮淺。就連忍耐心極強的永蓮也火起來了，他說不能跟唯圓待在一個寺院裡了。

僧一　我覺得跟唯圓待在同一個寺院是一種恥辱，是我走，還是他走，兩者選一，我是為了聽師父的裁決而來的。

親鸞　（沉默不語，思索著）

僧二　不能讓年長的永蓮離開這長年居住的寺院啊。

僧三　你現在要是走了，由誰來管弟子們呀？你是有功績的……

僧一　不，照我現在的樣子就是待在寺院裡也管不住弟子們。

僧二　不，讓你走是不行的。（對親鸞）師父，您看永蓮都說成這樣了，現在只能等您的裁決了。

（三人注視看親鸞）

親鸞　這都是我的錯。（片刻）我非常清醒地，而且可以毫無顧忌說的話只有這個。對外界的事情，我是無法判斷是非的。乍看之下明白，但一往深處想就弄不清了。我沒有對唯圓判罪的自信，我覺得他的事不好，但同時又覺得他也是不得已的。（慎重思考後才說）對這樣的事情，我也深深地感到自己的責任。剛才我一邊聽你們說唯圓，一邊覺得這也是在指責我的罪惡。其實在男女關係上，我並沒有果斷的立場。可能是去年秋天，唯圓老是到我這兒來打聽戀愛的事，他問我可以談戀愛嗎。我看見他那寂寞的樣子就想起了我的青春，所以我覺得我能理解他的心思。他是非戀愛不行啊。當時，我說戀愛伴隨著罪。可是在寂寞而饑渴的唯圓的心裡，到底是什麼強烈地震撼了他呢？唯圓一定是在自己的惡處澆上了熱油，使他的寂寞越發厲害，也正是這個時候，善鸞為他展示了一個絢麗的光景，那裡出現了充滿誘惑的美女和他們的熱情。於是，他的身子開始發飄了。一旦身子發飄，不飄到頭是停不住的。他肯定想起了我說過的那句話「做事要一門心思」。唉，這都是我的不對呀，（痛苦地），這不是別的原因啊！都是我如此輕率地招致了善鸞幼稚的命運。無論如何，我要分擔唯圓的罪，而這麼一個我又怎麼能問罪於唯圓呢？

僧一　乍聽來好像是這樣，但您的反應太過度了，您只是沒有禁止談戀愛而已。談戀愛也不是鼓勵跟一個藝妓在暗地裡廝混呀。唯圓只考慮到自己，他純屬瞎解釋。對善鸞的事，我沒有什麼可說的。這跟您沒有關係，而且唯圓是背著您去他那裡的。

親鸞　我不能光這麼想。

僧二　照您這麼說，不管什麼都是您的責任了

親鸞　但凡這些事，查一查都是我的責任。過去的聖者說過「三界若有一個罪人，那必是自己的責任」。所謂聖者，是指那些比別人更能深刻體會罪的人。（片刻以後）我惡，善鸞也是不好的，他天生就是一個傷害別人的不幸者。

僧三　這麼說來，唯圓似乎是無罪的？

親鸞　唯圓也惡。從惡的一方說，大家都是惡的。從不惡的一方說，誰也不惡。這都

是惡魔的所為。對什麼樣的罪，我們都有理由；對什麼樣的罪，惡魔都說成業。所以從對方說來，這不是我們的責任。但這不能當作藉口。給自己和別人製造煩惱都是惡的，唯圓確實是惡的，周圍的寧靜因為他而亂了。他破壞了靈魂的安息。

僧一　這確實太惡了。他受到師父這麼多的關懷，還傷了師父的心，太不像話了。我們擔心弟子們的激憤會損害寺院的寧靜和尊嚴。我覺得這些事都是從唯圓那裡惹出來的，只要他的心變回來，寺院的寧靜和秩序就能恢復。他也有義務改變這份心。可是，唯圓不聽我們的道理，還宣佈他絕不悔改，這豈不是無理取鬧嗎？善鸞來京都的時候，我怕出錯，提醒了他好幾次，可他不把我放在眼裡，還衝著我們這些年歲大的人發難。我至今召集過那麼多的弟子，像他這號人還是頭一次。

親鸞　（沉默不語）

僧二　不，他那傲慢的態度是對上的侮辱。永蓮為此發火不是沒有道理的。

僧三　用師父的衣袖遮住自己的罪惡是最要不得的。

親鸞　平日他老實嗎？

僧二　他老實也是做做樣子，小惡魔有時也顯得漂亮。師父，您是不是太過於相信唯圓了，（邊猶豫邊說）有的弟子說您太寵愛他了。

親鸞　可是誰都有過失啊。

僧一　（不服氣）有過失必須要悔改才對呀。唯圓不僅不悔改，而且還一而再，再而三，故意堅持下去，這可是他的宣言……我無法忍受。為了寺院，我一直努力到今天，多虧我們的流派如此繁榮，但佛法的威力已經衰弱了，令人不勝唏噓啊。我也已經失去了鎮住弟子們的威嚴。跟唯圓同在一個寺院裡對我來說是一種恥辱。要是唯圓待在寺院的話，我就離開。（含淚）

親鸞　（哀憐地看僧一）你不能離開寺院，我最清楚你為這個寺院出過多少力，你跟著我一直受苦到今天，今後也請你幫助我。

僧一　我想在寺院裡一直待下去。

僧二　那唯圓就得離開寺院？

僧三　這不是必然的事嗎？

親鸞　唯圓也不能離開寺院。

（僧三人看著親鸞）

親鸞　你們覺得唯圓是惡人，所以才叫他離開寺院，對嗎？可我看，越是惡人才越要留他在寺院。想想看，在你們的愛護下唯圓都是一個惡人了，要是把他拋到世上冷漠的人群中，那會怎樣呢？他不是變得越來越壞嗎？對世俗不是也會帶來傷害嗎？打從一開頭就明白，哪裡有不惡的人呢。所有的一切都是惡的，先不說到了外面怎麼樣，光說他惡，就叫他走是不成理由的。至少在這寺院，這個寺院裡都是惡人，這不就是這座寺院與別處不同的地方嗎？佛的慈悲猶如春雨在我們這些罪人的頭上下著，這不是大家都知道的嗎？還是知道太多，已經忘了嗎？永蓮，你還記得我跟你建這個寺院時的情景嗎？

僧一　記得。

親鸞　我忘不了那個時候，我們的內心充滿了創立者的喜悅，靠你的力量，我們在此地建起了寺院。

僧一　上樑的那一天，我們有多高興啊。

親鸞　那時我跟你跪在佛像面前制定了五條綱領，第一條是什麼來著？

僧一　我們是惡人。

親鸞　對呀。那第二條呢？

僧二　不制裁他人。

親鸞　那就用這個綱領來決定今天的事吧。善否？惡否？這都要靠佛的智慧才能知道。這是很確定的事。親鸞是不知道善與惡的，如果唯圓是惡的，那也要由佛來制裁他。

僧一　（沉默低頭）

僧二　可他做的事太過分了。

親鸞　不僅不制裁，而且要饒恕他，就像你在佛像面前要求饒恕一樣。不管什麼惡驅動了他，我們都要饒恕。如果一個鬼來了，在你的眼前把你的孩子折磨死了，那我們也要饒恕那個鬼。如果你詛咒了那個鬼，那就是你的罪。罪的代價就是下地獄，無論犯了多麼小的罪，人的靈魂都要下地獄。人被惡所驅動，而這個惡是基於許多場合人對人的制裁，所以你沒有詛咒唯圓吧！讓你的靈魂從罪裡得到了自由吧，饒恕他吧，饒恕他吧。

僧三　當時我們實在是忍無可忍，你看他那傲慢、那任性、那不知恥辱……

親鸞　這能理解，但這並不好。無論在任何場合，發怒都是不好的。你們應該一點怒也不發就饒恕他。可是，誰能做到這一點呢？但願怒氣不會迷惑你們，火一搧就會點著呀。把眼睛閉上吧，把眼睛閉上吧。不要裁決對方的善與惡，專心地念「南無阿彌陀佛」吧。

僧二　這很難過，但這是最值得尊重的，也是最智慧的作法。一切都是「南無阿彌陀佛」。（看雙手的手心）

僧一　我錯了，不管唯圓怎麼樣，哪怕再苦，饒恕他都是我應該做的。可在不知不覺中，我的耐心卻失靈了。

親鸞　你饒恕他吧？

僧一　是的。（含淚）

僧二　我沒有可說的了。

僧三　我也饒恕他。

親鸞　聽你們這麼說，我總算放心了。大家都饒恕對方，一起好好生活，人畢竟都是不幸的啊，人畢竟都是要進墳墓的啊。可別到了那時候，你才後悔說，我要是當初饒恕了對方該有多好。惡魔是惡的，人類是佛之子，惡魔鑽佛子的縫隙，然後往裡面吹詛咒的靈；想要戰勝它們，惟有饒恕與寬容。出手制裁的話，那是無邊無際的，我們只能祈願並保持心的寧靜，這才是最重要的。

僧一　真是這樣啊。挨罵之後的心是寂寞的，可比起我發火的時候，現在這份饒恕別人的心似乎更具有一種勝利的感覺。

親鸞　對呀，對呀。人心如果有淨土的影子的話，那就會在我們饒恕對方寬容對方的時候顯露出來。

僧二　您打算怎麼對待唯圓呢？

親鸞　我會講給唯圓聽的。可是有件事，在你們解開了心裡的疙瘩後，我才能這麼說，你們的想法未免有些狹窄。比如，你們想過那個叫楓的藝妓的命運嗎？

說她是下賤的人，就乾脆不理睬她，這是不對的。在這一連串的事情當中，最不幸的就是她。法然大師有次在夜宿的地方遇見了一個藝妓問路。那時，他是多麼地耐心為她說法啊。那個藝妓高興地落著淚回去了，這也是一個釋迦的弟子被藝妓愛慕的故事。據說，當時那個藝妓就皈依了釋迦成了尼姑，佛緣是不可思議的。我們也要為那個藝妓多多考慮才對啊。我們應該為唯圓和藝妓的命運而祈願。大家祈願吧。好嗎？這件事我在此只對你們說，至於唯圓，我會讓他清醒過來的。現在，你們先離開這兒，把唯圓叫來好嗎？

僧一　明白了，我馬上就去叫他。

僧二　我要好好地祈願，而且還要深思啊。

僧三　我讓您心痛了，太失禮了。

親鸞　哪裡的話，你們聽進了我的話，我很高興的。

（僧三人退場）

親鸞　（嘆息）我可憐的弟子們啊！每一個人都有各自的苦惱呀，我看誰都是悲憐的。（片刻）我過去走過的路，現在唯圓正在走，只見他步履蹣跚啊。（親鸞看著滿開的櫻花、樹的綠葉）開得真好啊。（片刻，遠方的青蛙開始叫起來，親鸞想事）夢如往昔啊。（沉湎於對過去的遐想）

唯圓　（出場，一晃到親鸞面前就跪下哭了）

親鸞　（在他的身旁敲敲他的背）唯圓，別哭了。我大體上都知道了。我不會責備你的。因為我知道你正在自責。

唯圓　我隱瞞了你，我向師父說了謊言。我該怎麼辦？您要怎麼處罰我就處罰吧，我已經做好了接受任何懲罰的心理準備。

親鸞　我不想懲罰你，為了你，為了你的罪，請你向佛祈願和解吧。

唯圓　請您責備我吧，鞭撻我吧。

親鸞　佛會饒恕你的。

唯圓　對不起，對不起。

親鸞　用你感激的心取代你那內疚的心吧。

唯圓　永蓮，他剛才在大堂，永蓮（含淚地說）握住了我的手讓我原諒他，我真難過啊，過去我還怨過他。

親鸞　他是一個耿直的老人。

唯圓　我覺得自己瞎害怕。可是為了我，大家的寧靜亂了，我沒能安慰永蓮的心。永蓮含著淚一直看著我，他在等我，等我保證一件重要的事。可是，我的心追求的是和解與饒恕，我只是緊緊地握住了他的手，最重要的話沒能說出口……我不能說出口。

親鸞　這也是要靠大家的祈願才能搞清的事，等你冷靜一點吧。（片刻，端詳唯圓）你變得憔悴了。

唯圓　這段時間，晚上總是睡不著，心裡老覺得有一個沉重的包袱壓著。

親鸞　是戀情這個沉重的包袱吧？把這個包袱委託給佛吧，至於你的愛情結不結果，那是私事，我可不知道。

唯圓　有什麼東西能戰勝戀情呢？我的真心是……不，我從來沒想過，哪怕是大雨決堤，也不會放棄兩人的戀情，我們每次相見都是這麼發誓的。

親鸞　千萬代也不會變？你連明天會怎樣也不知道啊？（誠意地）人不能發誓。（指著庭園）你看著盛開的櫻花，誰能保證它在一夜的風雨中不落呢？如果沒有佛的寬容，哪怕是一個花瓣也不會落到地上呀。三界中的所生所滅，這一切都是佛所盡知的，戀愛也一樣。這麼多的男女戀愛，唯有得到佛的寬容的人才能成功，剩下的人只能飲下失戀的苦酒。

唯圓　（打顫地）這太可怕了，那我的戀愛會怎樣呢？

親鸞　可能變成那樣，也可能變不成。對未來的事情，人無法先知先覺。

唯圓　就這樣放任嗎？豁出性命呢？

親鸞　無數的戀人從很久以前就這樣發誓。他們面對著自己的命運揮動起了脆弱的臂膀，但很快就被打翻在地，許多不幸的人就這樣長眠於墓地之中。

唯圓　請您幫助我吧。

親鸞　為了圓你的戀愛我為你祈願，但更多的事情將超出人類可控制的領域。你專心祈願吧，有緣分兩人就會結合。但你不能發誓，發誓是錯的，發誓是對佛土的侵犯。而錯誤不能幫你免受報復。

唯圓　要是無緣呢？

親鸞　那就不能結合。

唯圓　這不可能的，我會受不了，這不合理。

親鸞　如果用佛的智慧看，是好的，那就是合理。我們是被創造出來的東西，所以我必須從創造者的一方去發現自己的命運，這就叫做「歸依」。製陶的工匠哪怕對一把泥土也會設法做得很美，而不會故意做醜吧？

唯圓　人的願望與命運是一對陌路人，它們沒有任何關係，甚至在許多場合，它們的關係就像暴君與犧牲者那樣殘酷。「我想這樣」只是人的希望，而命運卻是「我被規定成這樣」，於是，命運蹂躪著希望，無論多麼純潔，無論什麼願望。

親鸞　還有祈願，願望與命運是通過祈願在內心裡銜接的，祈願呼喚命運，祈願創造命運。法藏比丘的超世祈願不就是把判定下地獄的人改變成升入極樂的命運嗎？「承蒙佛心，兩人結緣」，你讓這祈願傳到佛的耳朵裡，讓佛動心，然後就能變成你們的命運。這是在都快要不幸時還堅持祈願才會出現的應驗啊。

唯圓　（跳起來）我祈願，我一心一意地祈願，靠祈願呼喚命運。

親鸞　在祈願裡有著深刻的實踐的心。實踐中最深刻的是祈禱。為戀愛而祈禱就是愛真實，你要把你的祈禱看得比任何時候都還要神聖。換句話說，你要淨化你的戀愛以至於適合佛心。

唯圓　啊，我要適合佛心，我想實現神聖的戀愛。師父，什麼樣的戀愛才是神聖的戀愛呢？

親鸞　所謂神聖的戀愛是被佛子承認的戀愛，是不對一切詛咒的戀愛，是把佛放在頭一位，然後對戀人，然後對戀人以外的人，再對自己的戀愛。

唯圓　（用心聽，時而露出不安的表情）

親鸞　（嚴肅地）對佛不詛咒有兩條原則，一條是不發誓，另外一條是戀愛失敗了也不怨恨佛。

唯圓　這就是說，把我的全部都委託給佛？

親鸞　對。不詛咒戀人以外的人是因為愛了你的戀人可能會傷害他人。戀愛會使人任性，它會把戀愛搞髒。這次的事情鬧得那麼大都是任性做的孽，你為了戀愛，騙了我，而且不參加長輩與同仁的念經。戀愛是容易排外的，有許多談戀愛的人會透過排斥他人而緊密彼此。有人說「我不喜歡那樣的人」，其實就是在暗地表現「我喜歡你」的意思，因為這種表現有甜味兒，但這是罪。你想一想，這不是詛咒人家，愉悅自己嗎？

唯圓　我想的全是她，所以沒有餘力想別人，要是不這樣，那我就不覺得我在愛她。

親鸞　這就是錯誤的戀愛。愛的動機是無限的，愛並不是愛一百個人，或者被一百個人愛這類數量的問題。因為愛了甲，所以就不愛乙，這不是真正的愛。法藏比丘無論在水中還是在火中，他一貫都是為了眾生每一個人的愛，神聖的愛必須是透過愛別人而加深的愛。戀人一說你來看我吧，那我馬上就想飛過去見她，可是這樣的心情遇到了你的朋友病倒，必須由你去照顧的時候，那該怎麼辦呢？一般人大概是把朋友拋在一邊，還是一門心思想見戀人吧。如果在這個時刻，戀人強忍住想見你的心思，跟你說我們以後再見面，然後讓你去照顧病人，那麼這種忍耐與犧牲其實就已經達到比戀愛更高更令人尊重的程度。在這以後，如果戀人忍受著寂寞，哭著為你祈願，那就是神聖的戀愛。這個時候彼此雖然沒有見面，但戀情不會變薄，反而變得堅強起來，變成了確確實實的束西，這就是祝福。

唯圓　我做的事跟神聖的戀愛相反了，我為了自己的快樂而傷害了他人。

親鸞　為了不讓靈魂的寧靜亂掉，不要詛咒自己，詛咒自己是最要不得的，這一點也是最不容易被人察覺的。你睡不著吧，你茫然的心無法安定吧。你瘦了，臉色發青，人的樣子看上去也很亂，你別把自己想得太慘了。（可憐地看著唯圓）

唯圓　（落淚）我真浮淺，我像無家可歸的野狗一樣徘徊著。（嘲笑自己）今天我被松家的老闆娘，那個還不如我的一個小指頭值錢的醜鬼婆，罵成了偷東西的貓！

親鸞　你怎麼能說這種話，知不知道什麼叫害羞？你全亂啦。如果不尊重自己，不維護靈魂的品位，那就不是神聖的戀愛。攪亂自我是世俗的畜生之途，佛子應該是溫柔而忍辱的，而且能具備自然的，但你現在卻發狂了。

唯圓　啊，我該怎麼辦？我找不到自己的影子。（動作慌亂）

親鸞　等等，唯圓，你還遺漏一個本質的東西，那就是你不能對你的戀人詛咒。

唯圓　我詛咒她，對這位捨命也要追求的戀人？

親鸞　是的。你仔細聽好，戀與愛是不一樣的，這一不同是從我痛苦的經驗中歸結出來的。你現在正處於戀的旋渦之中，自己看不見戀的真相，戀之中包含了咒，而它的目的並不是為了讓戀人擁有幸福的命運。有時，戀之中也包括了犧牲戀人而滿足私人感情的部分，這種感情與憎恨背靠著背共存，是極其微妙的。戀愛的雙方透過他們的詛咒在相互祝福，其中也有殺掉戀人的人，甚至還有強迫對方死的人，而這些都是在愛的名義下實現的。愛讓對方的命運喜悅，而戀卻不能把對方的命運變成幸福。楓讓你幸福了嗎？你亂了，而且很痛苦。而你讓楓幸福了嗎？

唯圓　（想起了某一個情景）啊，可憐的楓啊。

親鸞　戀或許會傷害彼此的命運，戀變成罪也是出於這樣的原因。神聖的戀必須把戀人當做鄰人愛，用慈悲得到憐愛，對待戀人要像佛對眾生一樣，不要老想自己，而要做為一個佛子，做為一個陌生人。

唯圓　（喊叫）辦不到，我辦不到。

親鸞　是啊，你辦不到。可是，你必須辦到。

唯圓　（感覺眩暈）啊，（手摸額頭）相互傷害，還要相互愛慕……

親鸞　這就是人類的戀。

唯圓　（獨白）我到底該怎麼辦？

親鸞　（安靜地）南無阿彌陀佛，（閉眼）只有祈願啊。佛啊，別讓我傷害她，即使我愛她也別讓我傷害他人，我自己別再亂了……

唯圓　（合掌）有緣兩人就能結合。

親鸞　是啊，你就這樣祈願吧。一定要全心全意地祈願，盡全力……佛會幫助你的。

唯圓　（沉默，情緒逐漸高漲，最後哭了）

親鸞　把所有的事情都託付於慈悲深邃的佛吧。佛什麼都知道，知道你心裡的哀傷，知道你的悲情，把一切交給佛，為了圓滿，為了可憐的戀人！

第六幕　最遠的，也是最內在的和平！

地點：善法院內

時間：從第五幕以後的十五年，秋天。

人物：親鸞　九〇歲

善鸞（慈信房）　四十七歲

唯圓　四〇歲

勝信（楓）　三十一歲

利根（唯圓的女兒）　九歲

須磨（同上）　七歲

專信（弟子）

顯智（弟子）

橘基員（武家）
家臣　二人
大夫
抬轎人　數人
僧侶　數人

第一場

善法院境內的庭園

正面以及右面有牆壁。右面牆壁的盡頭有一扇門，可以看見牆外的寺院。庭園內有泉水、寂靜的樹木，陰影處有圓亭。道路沿著第一扇門（看不見）經過境內的庭園直通延伸。清晨。

利根和須磨在圓亭裡玩線球。

利根　（撿球）該我了，須磨。（拿球）

二人　（唱歌）線球跟線球拋來拋去

兩個線球合為一個

姐姐，姐姐，去奉公

……

麻雀唧唧叫

夫人，夫人，是布娃娃

……

寺院門外已黃昏

往西沒地兒住

往東沒地兒住……

利根　（線球落地）啊呀。

須磨　球打偏了。（撿球）

利根　（急忙把球撿起來又要扔出去）

須磨　該我啦，姐姐。

利根　等等，還有我一回，剛才輪空了。

須磨　不，該我了。

利根　我偏要叫你等一下呢？

須磨　不，不行。（哭）

利根　（不理睬地繼續抓球）在茶樹下有一個窩……

須磨　（欲搶球）換我，換我。

利根　（一下子橫過身子）滿一杯是長六，滿兩杯是長六，滿三杯……

須磨　（哭出聲）姐姐，你太壞了。

利根　（吃驚地）給你這個。

須磨　（推開）不要，不要。（提高嗓門哭）

勝信　（出場，頭髮梳得漂亮，剛出門就看見姊妹兩人正在爭執，急忙跑過來）怎麼了，小須磨？

須磨　（哭腔）姐姐太壞了，她欺負我。

利根　我不是說給你了嗎？
須磨　該輪到我了，幹嗎老輪到你？
利根　剛才是輪空了。
須磨　亂說，你亂說。
勝信　她年紀小，今天就別跟她吵了。
利根　媽媽，你哭了？
須磨　媽媽，媽媽。（纏住）
勝信　師父不舒服。大家都很擔心……你們別吵了。（含淚）你們看，連在天上飛的鳥都擔憂得不做聲響……
利根　媽媽，你別哭了，我可以怎麼辦？（對須磨）須磨，對不起。
須磨　我們不吵了，媽媽。
勝信　（抱住兩個孩子）和好吧。今天回房間去吧，玩的時候別吵。
須磨　媽媽，你呢？
勝信　我有點事，稍候就來。

利根　好吧。

（兩少女出門退場）

勝信　天上行走的雲都那麼悲傷，這是巨大的不幸即將降臨大地的徵兆。（往門裡看）抬轎人來了，是不是大夫回來了？（向門的方向走去）

（抬轎人從門外進入）

唯圓　（跟在抬轎人的後面出場，站在門口）多留神啊。

（勝信站在門口，彎腰送行，似乎從轎子裡面傳來寒暄的聲音，轎子走了）

唯圓　（沉默地站著）

勝信　大夫怎麼說的？
唯圓　（絕望地）啊，人類要蒙受最大的損失了。
勝信　看來是不行了嗎？
唯圓　（在庭園不停地踱步）橘基員府上的大夫跟大夫的診斷都是一樣的。他們都說已經到了生命的盡頭。
勝信　無論如何也要盡力治療啊。
唯圓　哪裡是這個問題呀，師父今天或者明天可能就不行了。
勝信　不，不會的。（相信自己的話）師父說話的時候，精神還很好呀。
唯圓　據說這就是前兆。將要熄滅的燈到了最後一刻也會發出強光。師父的脈搏已經開始不穩了，只是不知什麼時候會斷掉。無病高齡的人到了最後都會這樣，這是無法挽救的。我們不要勉強了，讓他的臨終不要有任何遺憾……
勝信　要是我能換他的命的話！
唯圓　我也這麼想過。可誰也做不到。師父早就有覺悟了，佛正在召喚他。
勝信　這段時間，師父的話講得很細，他好像已經意識到了自己的臨終。昨天他叫我讀「觀無量壽經」。

唯圓　這也是為他安度臨終的祈願啊。（考慮）

勝信　唯圓，有一件事，我老放在心上。

唯圓　是善鸞的事吧？

勝信　是啊。（含淚）一定要讓師父臨終前見見他吧，怎麼能連詛咒也不解除，就讓師父去了呢？

唯圓　我也擔心這件事，這次看來兆頭不好，師父恐怕很難康復了，我得跟弟子們商量才是。知應勸善鸞來，而且沒有嫌棄他，也沒有說不得體的話，他還說別讓我苦惱。他說了這些以後，再沒有人說其他的話了。

勝信　這次無論如何都應該叫他們父子倆見面，以後沒有第二次了……我真受不了。這要是實現了，善鸞該有多感嘆呀！

唯圓　我已經派人去稻田勸善鸞到京都來，差不多人該到了，這事也通知弟子們了。

勝信　這要快，萬一有個什麼事發生就來不及了。這事只有靠你來掌握了。

唯圓　今天早上我誠心祈願，師父的心情也是一樣的。

勝信　是啊。我也一起祈願。（看對方）啊，轎子來了。

唯圓　是來慰問師父的人，我們得迎接一下。

（唯圓和勝信一起到門口）

家臣二人（跟轎子出場，轎子停住）我們的主人橘基員前來看望師父。

唯圓　歡迎您的到來。昨天您府上的大夫也專程前來看望，非常感謝。請跟我來，我帶路。

（唯圓和勝信先退場，家臣兩人跟轎子一起進門）

第二場

親鸞聖人的病房。

正面是佛壇。床的後面有一面屏風，屏風上畫的是山水畫，枕頭旁是小扶手和小桌子，桌子上有佛經、畫冊三本，還有一個盆裡裝著藥壺、茶杯，並且用白絹布蓋起來。所有這些都是漂亮的裝飾品。紙窗的模樣是花鳥，旁邊是通往值宿1的小路。庭園有秋草，還有用色紙貼上的兩面屏風，以及煎藥用的土瓶，另有火缽、金盂和水瓶。

親鸞　（瘦如孤鶴，身穿白色而厚實的睡衣，側身扶手）往下讀。

勝信　（手拿著信）讀了這封信，我們就知道了法然聖人是怎麼思念母親的。（繼續讀）一直到今天早晨，那個人的頭髮還濃濃的，畫在眉梢上的墨散發著氣味，到了傍晚，跟野外的煙火一起湊過來的人突然都走了，只有他一個人曬著屍體。世俗就是這樣，為了清晨的某種虛幻而興奮，總是為了今天呀，明天呀而苦思冥想，這怎麼能成為菩提的種子呢？不過，只有後世的所為是存在的。不管怎樣，這樣的世俗之於夢中，是會流逝的，於是，人的憂愁與辛酸也會像幻影一樣。去年與今年，昨天與今天都是世俗的流轉，喜悅與光榮，還有悲傷也只不過是一夜之夢而已，當我們醒來的時候，形跡全無。啊，這是無法描述的浮世呀，啊，這只是毫無益處的事情，令人深深感嘆！……

親鸞　到我這個年紀，那樣的心情太能理解啦。九十年來我的所作所為真是一場夢啊。花鳥風月的遊藝，雪天野地的巡禮，戀愛的苦惱與歡樂，這些都變得遙遠了，這是一種酸甜苦辣的滋味，什麼都過去了。（獨白）是啊，什麼都過去了，我的人生，孤寂的墓地正在等著我。（勝信似乎在說什麼）你繼續讀吧。

勝信　（繼續讀）世俗是虛幻的世俗，身體是虛幻的身體，一旦想起連一丁點的益處都沒有的時候，人就不會回歸到造罪、輪迴以及言述的世間。剛才說過了，只有品行才是多變的，想讓它變成愛，變成欲，變成強烈的欲望，變成悲哀，這些都是我們的心在動。心，實際上是無與倫比的稀有東西。當我們不斷地想著，變成修行的心而且朝向輪迴的時候，心是可動的。一旦心成了鬼，反過來要逼迫身體的時候，那就只有心才是仇敵了。所以只要是凡夫，人就會生氣。一念而起，會想要美麗的東西，但不會繼續出現二念。心定不下來，就像在水裡畫畫一樣，啊，那是多醜的東西啊，於是就覺得它無聊。這時要是感覺到無念無性情的話，那才是真正的心。

親鸞　這裡表達了法然清靜的心態，（想起過去）那是一種清靜而高尚的氣質。他跟我不一樣，這封信是他在老母生病的時候寫出的回信。

勝信　他的信安慰並且鼓勵了他的老母。這封信真像女人一樣在每個細微的地方都體現出了溫柔。（繼續讀）真正有志的人如果對人做了惡事，將會用身體去接受這一事實而且會悲傷；如果對人做了好事，也將會用身體表達歡樂。凡事不打退堂鼓，不往壞處想，不譏諷人，不嫉妒人，不說別人的壞話。跟軟弱的人說話要語氣溫和，要抬舉人家，有了一點東西也要互相分著用，只有幫助人的心才是大慈大悲的供養，無論是什麼樣有學問的人，或者是神，或者是釋迦如來，只要五體為身，那就無法擺脫病痛之苦。只要人心永遠保持深邃，我們都可以放任生命，任其活潑，直到離開人世。就算人能活千萬年，但總歸會變老，或者英年早逝。生者必死是人類的常態。有誰會珍惜這些名聲呢？……（看親鸞）我覺得有點感傷，還是停下來別讀了……

親鸞　（緊張地）往下讀，最後那段寫了臨終時的心情。

勝信　（繼續讀）我還想在這個世上活一段時間。啊，可悲啊，直至死亡，我也不該這麼想。死期來臨，人會錯亂，要說這是斷尾的悲哀，但五體要是真能分離的話，那任何痛苦都會消失。不管有多麼痛苦，人都應該把身體交給那種痛苦，一直到謝世為止，考慮問題也應該無心而悠然自得。請把這件事記在心上，不要忘記。源空，致母親大人。（卷起信）讀到最後，有些可怕。

親鸞　這封給母親的信就像師父為了鼓勵我而寫的。時候到了。我等了很久，但是可怕的時候，我還是覺得我需要鼓勵。我有一種可怕的不安，但同時也感到我的心能克服這種不安，我的心在不停地拉扯。

勝信　（隱藏不安）老這樣行嗎？您現在精神比較好，大家都祝願您能完全恢復……藥吃過了嗎？快吃藥吧。（欲往值宿）

親鸞　我知道該吃藥，但你不用去拿，你待在這兒好了。我的身體我是清楚的，可我已經病弱到你非要這樣安慰我不可了嗎？

勝信　……

親鸞　你別說那樣的話了。說些教我能戰勝這種不安的話吧，說些能教我戰勝不可迴避的恐怖的話。我必須積累勇氣，為了不會錯亂的美好臨終，我要整備自己的心境。

勝信　（哭）

親鸞　（安靜地）你叫唯圓來。

勝信　是。（退場）

親鸞　（閉眼，深思片刻，然後睜開眼，似乎被什麼影子籠罩住一樣環視四周）不管它從哪裡來，反正是來遮掩我的靈魂的。這麼寒冷的陰影是什麼？淡薄的陽光，孤寂而誘人的風聲，還有昨夜我的夢……好像都靠近了我。（閉眼）這是誰也躲避不了的命運。這幾十年來，難道我沒有等待過這個日子的到來嗎？這是在無罪與苦惱生涯終結以後的永遠安寧嗎？在這充滿了孤獨等待的世上，希望是欺騙，但唯有現在是真實的、必然的，我正期待著這一刻。越這樣想，我越覺得親切。我是不是沒有這麼想過？「我的苦惱與忍耐是無休止的，但終究有一天，末日會來到。」這樣的想法或許是我唯一的安慰。然而，這一天來了，可我現在的不安說明了什麼呢？這一因為內心拉扯而引起的不安！死對於我不是損失，長久以來，我的命是為了與墓地那邊的圓滿與調和而誕生的。我如此相信，但似乎還有一些不願死去的東西：這是對命運的抗爭。啊，我還想活下去嗎？老是生病的我，一個九十歲的老人，在這個世上還留下某些希望。什麼是享樂？承受煩惱的執著力又怎麼樣？現在更可怕了。我一生都接受命運、熱愛命運才到了今天這一步，一路為了命運而來，與反叛命運的心搏鬥。對啊！在進墓地以前，我必須持續這場搏鬥，時間已經不多了，快到了。休戰的喇叭就要吹響了。那時，我將站在裁判的面前，做為與惡搏鬥了一生的人，做為一個勇敢的戰士，衝進那布滿靈魂的虛空，然後我將戴上桂冠，在佛的面前跪下，承認所有的一切。（臉色逐漸發亮）從那天起，我就加入了尊貴的聖眾之中，這是多麼寧靜，多麼光榮啊。早晚為佛唱頌歌，而那時我的心不會落下任何罪的影子。就這樣（落淚），我影響了世上苦悶而不幸福的人們！（片刻）啊，我的不安！走吧。（祈禱）

（唯圓與勝信出場）

唯圓　（伸出手，心事很重）您感覺怎麼樣了？

親鸞　已經臨近了，我感覺到了徵兆。

唯圓　（想說些什麼）

親鸞　（遮擋）不，躲避不了的東西就不該躲避，接受命運吧。讓我們只說重要的事情吧。

唯圓　……

親鸞　我已經做好了心理準備。

唯圓　（痛苦而緊張）往上就是安寧的臨終……

勝信　（哭）

（親鸞、唯圓沉默。只聽見勝信的哭聲，哭聲止）

親鸞　佛也是通達人情的。我上了這把年紀，重病纏身，佛或許不願意讓我在這苦海的世上再苟活下去，況且我活得已經夠長了，九十年……這也是人類被准許的高齡了。現在可以休息了。（考慮）

唯圓　我一直祝願師父能活到百歲。

親鸞　這是人之常情，但說來也覺得害臊，像我這樣的人居然也能如期不死一直活到現在。這或許是某種迷惘吧，是很淺薄的。我的一生在煩惱的林子中困惑，同時在愛欲中沉浮，就這樣，我活到了今天。我不斷地呼喚佛的名字，與業奮戰，而且還要奮戰到墓地裡去。唯圓，在這重要的時刻，你要為我祈願，我需要它。我必須保住我的心。為了這一生一回的大事，為了能不覺得害臊度過一生。我為此而祈願，我希望我能以澄空明月般閃亮的心死去。

唯圓　這些都拜託給佛吧。我為您從心裡祈願。（用力地）祝您能完成往生的願望。

親鸞　死是我長久以來的願望，要說還有一個希望的話，那就是我夢想著墓地的那邊會有一個祝福等待著我。現在是夢想結果的時刻，是值得祝賀的時候了。（片刻）昨夜，我一邊祝願一邊睡著了。睡眠得到了感謝的夢祝福。在我的眼前展現出了從來沒有過的，莊嚴而美麗輝煌的淨土跡象。我的靈魂充滿了不可思議的幸福感。幸福超越了地上的極限，我不知道用什麼話才能表達。在阿彌陀經裡，不是有「諸上善人俱會一處」的那一段嗎？眾人都圍住了我，給我戴上了美麗的桂冠。我覺得不配就把頭低下了，當我聽說今天我也加入這個行列時，高興得流下了眼淚。我這麼一看，好像我的頭也戴上了美麗的桂冠，這個時候，那微妙的音樂從遙遠的虛空逐漸傳來。聖潔的群眾合著拍子為佛唱贊歌。於是，天上降下了花朵，四周充滿了潔淨的香氣。看到遍地金沙的大地上落滿了散花，我覺得這就是淨土的花「曼陀羅華」，這個時候，我醒了。

唯圓　這是多麼尊貴的夢境啊？

勝信　沒有比美麗而光輝的桂冠更適合聖人啊。

親鸞　醒了以後，我的內心在那幸福的餘波中跳躍，但這時我感到一種明顯的徵兆。我會死……這是不祥的預感啊……（臉色變壞）

勝信　您躺下吧。（幫助親鸞躺到床上）會感覺難受嗎？

親鸞　讓我喝點水吧。

勝信　（往杯裡倒水讓親鸞喝）

親鸞　肉體的痛苦使許多人不安，這是地上最大的邪惡，許多人為了迴避這個邪惡而忘記了靈魂的安寧。這是對人的懲罰。因為這個斷終的惡魔給人造成了痛苦，連我也感到不安。但我必須征服這個痛苦，必須忍耐這個最後的重負。（額頭上流下玉大的汗珠）無論什麼都要改變，改變後得到的就是湖水一般的安息，這個安息正在等待著我的靈魂。

唯圓　直至光輝燦爛。

親鸞　死可以洗淨一切。死可以饒恕我在這個世上結下的怨恨，而且沖淡以前的過失，使我心情安寧。人們也會把我的惡忘掉，而說我是一個善人。我要掙脫所有的詛咒離開這個人世間。大家對我都是親切的人，我祝福這一幸福，想跟大家告別。

唯圓　（看勝信的臉）師父，您能原諒善鸞嗎？

親鸞　我赦免他。

唯圓　那我們叫善鸞來吧。

親鸞　……

勝信　（哭泣）您剛才不是說要赦免他嗎？

唯圓　這是我一生的願望，弟子們沒有不這樣願望的，請您在臨終前一定要與他見一面。要是這樣的話，善鸞該多麼感懷啊。十五年以前，自從我說起這件事情以後，一直到今天我都沒有吭聲。這次就請您滿足我的願望吧。就請您通融一下吧，不然後悔就來不及啦。這是您剛才說過的事情，是與佛通心的話。最後一定要讓善鸞來服侍您，在這個時候，我什麼也不說啦。（流淚）我只是祝福安寧的最後和所有的一切都變得安寧的臨終……

親鸞　（含淚）我聽大家的勸告。

唯圓　太好了。（搓著雙手，眼淚掉到了榻榻米上）前幾天，我留了一封信給他，他今天該回來了。

親鸞　善鸞現在過得如何？

唯圓　在鄉下過著日子。

親鸞　他信佛嗎？

唯圓　他信。（掩蓋不安）他生活得很平靜。

勝信　善鸞該多高興呀……可這馬上又要永別了。（哭了）

親鸞　你別哭了。（片刻）為我祈願吧。我的心大致平靜了。靈魂要保持安寧，安靜一下吧。我想在一片安寧之中永眠。（勝信忍住淚水）把一生都貢獻給了佛的人擁有一種良心上的安寧，而這一安寧也將找到我。靈魂將含著淚，帶我前往令人思慕的地方，寂靜而輝煌，溫暖的心境猶如恩惠的感召一樣包攏著我……唯圓，你靠近一點。讓我更清楚地看看你忠實的面孔。

唯圓　（跪著向前挪動身體）為你的靈魂祝福。

親鸞　啊，也為你的靈魂祝福。你一生跟隨了我……你把我枕邊的珠子拿給我。（一手接過數珠）我把這個桐木的珠子給你，你看到它自當看到了我一樣，這是法然師父給我的。（唯圓接過珠子）我一直放在身邊從不鬆手。這串珠子可是三代僧人的護身符。我死了以後，你看到了這串珠子就想起我吧。我會在淨土為你祈願。（話聲漸變）寺院的後事也委託給你了。向佛祈願，凡事平心靜氣，你看著辦吧。世上有無數不幸的眾生，你要愛他們，要把佛的慈悲帶給他

們。（語音停頓）

唯圓　您別擔心往後的事情，我會跟大家一起齊心協力使佛法隆盛。佛會幫助我們的。您耗費一生精力播下的種子已經開出了善芽。您的逝去會使佛的名字更得以頌揚。

親鸞　只要為了佛揚名就好……（逐漸進入夢幻）我的心平靜了，那遙遠，那令人懷念的……佛所指引的大道……外面刮起了涼風。

唯圓　（恐怖狀）是，不不，陽光紅通通地正照了進來。

親鸞　靠近了。先兆……坐墊被打掃得這麼乾淨。

唯圓　一丁點灰塵也沒有落下。

親鸞　我的身子是乾淨的。

勝信　昨天，您還曬了太陽。

親鸞　把弟子們叫來，都叫來。我用一點時間為大家做最後的祈願。

勝信　我知道了。（站起身來）

唯圓　（克制了身體的抖動，小聲對勝信）快叫大夫來。（勝信立即退場）

唯圓　（握住親鸞的手）師父，請您放鬆。
親鸞　（點頭）點燈，把佛壇照亮。南無阿彌陀佛。

第三場
舞臺與第一場相同。夜裡，寺院的屋簷在淡白的天空中劃過一個黑色的輪廓。上方有一輪近似黃色的月亮閃過。兩個僧人手提燈籠站立在過道的兩旁。

僧一　你看那輪圓月啊。
僧二　它發的光真不可思議。
僧一　是黃色的，但沒有一點光芒。
僧二　這大概就是師父要逝去的徵兆吧。聖人去世的時候，連天都會顯露凶兆的。
僧一　昨天，烏鴉也飛到了大堂的屋頂上，發出了悲哀的鳴叫。
僧二　禽獸草木都在為失去聖者而嘆息。

僧一　弟子們已經來了嗎？

僧二　還有二三個人沒來。

僧一　弟子們都集中到了聖人的枕邊。

僧二　傍晚的時候，狀況突然變差，大家都覺得臨終已經到了……啊，轎子來了。

（轎子急匆匆地進入門內）

抬轎人　遠江的專信房到。

僧一　大家都在等著呢。快請進後院。

（轎子入門內，退場）

勝信　（不安地從門裡上場）慈信房還沒有來嗎？

僧一　還沒有看見，裡面怎麼樣了？

勝信　（注視著第一扇門）已經臨終了。（仰望天空）啊，奇怪的月色。
僧二　已經是退潮的時候了……啊，轎子來了。
（轎子上場，走向門內，吸引了勝信的注意）
抬轎人　高田的顯智房到。
僧一　快進後院，已經臨終了。
（轎子進門內，退場）
勝信　善鸞真慢啊。（在庭園內走來走去）
僧一　來了也趕不及了。
僧二　（不安的沉默）燈，是提燈……轎子來了。
勝信　（走近轎子）是善鸞嗎？

抬轎人　是稻田的慈信房。

善鸞　（從轎子上跳下來）

勝信　善鸞。

善鸞　父親在哪兒，父親在哪兒？

勝信　已經臨終了。

善鸞　啊。（身子晃動）

勝信　可還留了一口氣，大家都在等你。

善鸞　父親說了見我嗎？

勝信　他說原諒了你才死。

善鸞　（向院內跑去）

勝信　你等一等。就一句話，你信佛嗎？

善鸞　我什麼都不知道。

勝信　你的父親非常在意，肯定會問你這個問題。

善鸞　我什麼都不信。

勝信　你就說你信吧。你要是信的話，你的父親才能安心。

善鸞　可我……

勝信　為了即將逝去的人，你就給他一份安寧吧。

善鸞　（不安的樣子）啊。

僧三　（急忙從門內出來）善鸞還沒有到嗎？

善鸞　我剛到。

僧三　快點到裡院去吧。大家都在等著。（退場）

（善鸞、勝信跑進門，轎子跟著。僧二人退場。舞臺出現了一個短暫的空場。四五隻黑鳥從庭園的樹上飛起，掠過月亮的前面，發出怪聲，從屋頂上飛逝。舞臺轉動）

第四場

舞臺與第二場相同。夜晚，燈光發紅。燈影裡聚集了弟子們和念佛的武士們，還有商人。大夫在床邊為親鸞把脈，唯圓靠近枕下看護著，但總有一種不安的預感瀰漫空中。

親鸞 （閉眼，小聲說著。四周寂靜，其聲音尤其明亮，語氣有時是幻覺的，有時又像一個人獨白）大家仔細聽好。臨終的美好也是救度的一個憑證。像我這樣，躺在柔軟的床上，得到精心的看護，還有這麼多親愛的弟子們圍攏著，我能放心離去也是受到了恩惠的結果啊。連我都覺得自己配不上這樣，我與這個結局不相配啊。可我們不能忘記世上存在著各式各樣的死的方式。有的人是被刀砍死的，有的人是被火燒死的，還有被水淹死的。還有的人因為饑餓死在寒冷的路旁。除此以外，還有的人完全出於意外，乃至令人難以置信地死去了。有的姑娘剛剛當上新娘，卻在召開婚宴的前一個晚上斃命，成為母親永遠的嘆息。她在麻痹的心靈裡緊緊地擁抱了為女兒而縫製的美麗衣裳。有的木匠剛才還說說笑笑，可一不小心就從房簷上掉下來摔死了。對這突然的事故，人們連落淚的時間都沒有，這多麼殘酷啊，甚至對人都是一種嘲諷。在觀經裡有這樣的描述，極端罪惡的人的臨終是苦悶的，因為他們手裡握的是空虛，從毛孔裡流出的也是發白的汗水，這多可怕啊。由於業的不同，到底有多少人會這樣死去呢？不過，哪怕就是這麼悲慘的臨終，只要我們信佛，就能得到救度。救度不論何種時機都是確定的。信仰之心不需要任何憑證；這是我對大家的最後說教，因為我知道人心只要拋開虛偽的心就會變得誠實，就會解決難題。讓心誠實些吧，到那能夠建立信仰之心的明亮之處去吧。信了，卻遭到欺騙，也比懷疑自己的心靈好。不知為什麼，人類總是深藏疑心。長久以來，總是重複著欺騙與被欺騙的過失。如果世間是淨土，而且從來就沒有過虛偽的話，誰也不會有疑心吧。信仰之心裡有祝福，懷疑之心裡有詛咒。如果靈魂的影子能夠照射出來的話，那它肯定是一個鬼的樣子。信我說的吧，信佛的愛吧，信善的勝利吧。（片刻，嗓音變大）今天，我站在了一個不可思議的地位上，我的身後展現著九〇年來生涯的光景，而且在這一光景的前面，充滿了對那個世間的預感。我的靈魂被高高舉起，而且正在驚人地擴散，壯觀的靈魂啊！（夢幻式地）靈魂在天空中高高飛舞，正要超出人類的界限。墓地的彼岸與此岸是兩個對立的世界，那必然的連接可以在我內心中辨明。靈魂是連接的，卻看不見連接的鎖，鎖就要被截斷了。令人死了心的地上法則正在破滅，靈魂就要受到新天地法則的支配。久經磨練的靈魂發出了新生的歡躍。只有今天，所有的矛盾都回歸到一個深度的調和。從而讓世間各種苦難無一作廢。啊啊，我知道，這些都是佛的愛和義的計畫。（細細地獨白）什麼都是好的。我犯下的錯誤也是好的，我受的傷也是好的。無論是行路中跟我打招呼的遊客，還是無意中從路邊拾起的花草，雖然沒有跟我結下緣份，但他們都幫助了我的命運。

專信　（上場，向弟子們行禮）我到了。

唯圓　專信，趕快到師父的身邊。

專信　（走到親鸞的床前）師父，我是專信。

親鸞　（睜開眼）是專信嗎？你來了。（閉眼）我就要被召喚走了。

專信　願您安寧地往生。

親鸞　我先去等你們。

專信　師父的恩德，我永遠忘不了。沒有什麼緣分比師父與弟子更深更純了。
親鸞　讓我們在那邊再見吧。那邊是不會再把我們分開的。
專信　我會跟來的，很快就跟過來。（含淚）真的很快就來。
（弟子們含淚，顯智上場，與大家見面，用眼神示意唯圓「我馬上到師父那邊去」）
顯智　（靠近親鸞的枕旁）我是顯智，您能認出來嗎？
親鸞　（睜開眼）我知道。（閉眼）什麼都到淨土去再說吧。
顯智　是。
親鸞　你那邊的法事如何？
顯智　越來越隆盛了。
親鸞　專空呢？
顯智　春天去了奧州。（含淚）今天趕不來了。
親鸞　這比見到他還高興啊。（片刻）大家團結，好好過。我死了以後，大家協力，為了佛法多幹活，絕對不能彼此爭鬥。無論出現了什麼苦難，無論發生了什麼不盡情理的事，大家千萬別詛咒佛和他人，對所有的一切都應該祝願。愛你們的鄰居，對旅人要誠懇，以佛的名義把大家聯繫到一起。（聲音逐漸變小，有時語詞會中斷）自己想做的事不叫別人做是不對的。（唯圓把毛筆放入水中後用嘴唇抹，弟子們也學著做）制裁和發誓的心都是從惡魔中而來。……變成人的僕從吧。把人的腳洗乾淨吧……把鞋帶子繫緊。（片刻）佛啊。（逐漸出現幻覺）我所做的惡都能補過，都能被赦免。罪能變美，罪能變美。奇蹟啊！七菩提分，八聖道分，涼爽的鳥叫聲……林堂閣的模樣……美麗的浴池。梳洗的金髮。所有的人都把鞋脫了。那腳多麼美麗，手合上了。大家都在歌唱，那是讚頌佛的歌。

（勝信、善鸞上場）

唯圓　善鸞，快來，師父已經臨終了。

善鸞　（忘我地，恍悟地靠近親鸞的枕邊）父親。（聲音哽咽）

親鸞　大家都跪下行三寶禮吧。金色的樹果從枝頭落到地上，大家拾起來供養各地的佛吧……啊，花落了，花落了。

唯圓　（跟親鸞耳語）善鸞來了。

善鸞　（提高聲音）父親，我是善鸞，您能認出來嗎？是我啊。父親。

親鸞　（睜開眼看善鸞）啊，是善鸞嗎？（想起身，手在動）

大夫　（克制地）請安靜。

善鸞　（流淚）終於見面了……請原諒我，我……

親鸞　我們都會被原諒的，誰也不能對誰制裁。

善鸞　我是不孝之子。

親鸞　你只是不幸福。

善鸞　我是惡人，因為有我，別人就不幸福。我詛咒我的存在。

親鸞　真可怕，怎麼能詛咒自己呢？你應該為自己祝福。惡魔是惡的，但你是形似佛陀的佛之子啊。

善鸞　我配不上。我犯了太多的罪啊。

親鸞　這罪早在很久以前就由阿彌陀償還了……你得到赦免，得到了赦免。（聲音變小，大夫皺眉）我就要離開人世……（聲音雖小，但很清晰）你信佛嗎？

善鸞　……

親鸞　你可別拒絕慈悲啊。你跟我說你信……給我一份安心吧，讓我的靈魂能夠返回到天上……

善鸞　（因為靈魂的苦悶而滿臉發青）

親鸞　你只要接受我說的就行。

（所有的人都緊張起來，勝信的臉鐵青，兩眼冒火直逼善鸞）

善鸞　（嘴唇痛苦地抽筋，想說些什麼但又嘆息，乃至絕望）我實在太淺薄了……我不懂……我決定不了。（他趴在了地上，勝信的臉刷白）

親鸞　啊。（閉上眼）

（所有的人都動搖了）

大夫　諸位，現在要臨終了啊。

（內心深處動搖達到極致。樹林無聲，弟子集中到親鸞枕邊，輪流用濕毛筆為他敷嘴唇）

親鸞　（嘴唇微動，表情變得苦惱，不時，表情逐漸平靜，乃至異常寂靜。表情猶如接受了所有恩惠一樣安寧而平和，聲音雖小，但很堅定）這也不錯，大家都得救了……這是友善而和諧的世界。（臉上發出了不屬於人世的美麗光芒）啊，和平！那是最遠的，也是最內在的，南無阿彌陀佛！

大夫　他去了。

（尊貴的感動，所有的人像薄薄的水波一樣安靜，他們合掌稱念：南無阿彌陀佛。後來，念佛聲停了。沉默持續了片刻，響起聖潔的音樂昭示了親鸞的靈魂已經歸天）

國家圖書館出版品預行編目(CIP)資料

出家及其弟子 / 倉田百三著 ; 毛丹青譯. -- 初版.
-- 新北市 : 大牌出版 : 遠足文化發行, 2013.04
面； 公分
ISBN 978-986-88969-5-6(平裝)

861.558　　102003551

出家及其弟子

浪子、 高僧、僧侶與藝妓

作　者　倉田百三
譯　者　毛丹青
主　編　李映慧
編　輯　廖志墭

總 編 輯　陳旭華
電　郵　ymal@ms14.hinet.net

社　長　郭重興
發 行 人　兼出版總監 曾大福
出　版　大牌出版 / 遠足文化事業股份有限公司
發　行　遠足文化事業股份有限公司
地　址　23141 新北市新店區民權路108之3號6樓
電　話　+886- 2- 2218 1417
傳　真　+886- 2- 8667 1891

印務主任　黃禮賢
封面設計　小山絵
排　版　極翔企業有限公司

法律顧問　華洋法律事務所 蘇文生律師
定價　280 元
初版一刷　2013年4月